KB036825

암마뚜마

b판시선 033

김병섭 시집

암마뚜마

도서출판 b

| 시인의 말 |

어슴새벽 혼자 희멀거니 건넛산을 내다보는 든버릇난버릇은
사르랑 밥 잦히는 부뚜막 소당깨 소리에서 비롯되었나 봅니다.

서산에서 김병섭

| 차 례 |

가을

겨울

봄

호롱하롱 섭슬리는 늦봄 가슴길 뙤똑 외어선 채

까치 한식구

동짓달 건넌방 볕받이에 까치 한 마리 내리자
작은딸이 쌀 한줌 들고 반긴다
그때부턴가 사나흘거리로 훌쩍 찾아와
소도록이 쌓인 싸라기 콕 코곡 쪼아 먹더니
까치날 뒤보름 다 가도록 가뭇없다
겨울방학 내내 책상머리 엎드려 눈 맞춘 앉은자리
고개 빼고 내다보는 문얼굴 뒤에 서서
백집밥 먹고 영동할메 마중 갔나 혼잣속인데
이제 치워줘야지 새무룩이 돌아다보며 되넘겨짚는다
꽃샘잎샘 눅잦히는 부날 낮결
바람창 밀고 흩어진 눈자리 한데 모은다
찬바람틀 날갯간 희누르스레한 사랑땜 쓸어 담는다
지새는달 열 번 우러러 서녘 뉘엿이 잔물지면
보슬포슬 복눈 내리는 어정선달
곰나루길 건너와 방긋이 잠든 우리 아이가
바위솔 받침에 늦아침 무럭이 내올 때
카랑까랑 까치 한식구 가만사뿐 날아들면 좋겠다

부날 화요일

낮결 한낮부터 해가 저물 때까지 시간을 둘로 나누었을 때 그 앞쪽 시간

바람창 바람은 드나들게 하고 벌레들은 못 들어오게 하려고 촘촘하게 얽어 만든 그물을 친 문

찬바람틀 여름철 집 안에서 따뜻함과 눅눅함을 알맞게 맞추는 연장

어정섣달 음력 섣달을, 별로 하는 일 없이 넉넉하게 어정어정 보내는 달이라는 뜻으로 이르는 말

입스름

마른입 깔깔한 잔입 달리장 한입
두 입 쥐코맞상 마주 앉아 우물거리는 아침
퉁퉁퉁퉁퉁 뛴다 어렴성 없이
걸음방 천장에 저윾내 쥐똥 굴러다니듯
아이들은 한디 나가 봄놀고 싶겠지

동네 한 바퀴 사르릉 둥굴레 굴려가며
구렁배미 깨구리알 쑤석거리며
냇갈 돌막 돌막 물리게 가제 잡다가
둘, 싯, 닛 고둘 반 삼백 자
도둑발 오줌싸개 똥꼬 마당허리 목자맞히기

쪽마루 꽃무릇 잎새 기우듬히 내다본다
개산 옥녀봉은 간데온데없고
미끄럼틀 곰방그네 고즈근히 쉬는 날
거먹 봉재기 혼저 나뜨며 깝치며
바람할메 하품꼬리 산수유 노롱노롱 입크는

입스름 봄이 되어 입맛이 없어지는 일을 이르는 말

달리장 간장에 달래를 썰어 넣고 맛을 돋운 장

저욺내 겨울 동안 줄곧

둥굴레 쇠붙이나 대나무 따위로 만든 둥근 테

고둘 자치기 놀이를 할 때 긴 자를 가지고 치는 짧은 자

목자맞히기 손바닥만 한 납작한 돌을 세워 놓고 얼마쯤 떨어진 곳에서 돌을 던져 맞히거나 여러 가지 솜씨로 돌을 맞혀 넘어뜨리는 놀이

개산 가야산

입크는 입 가장자리가 트는

안방퉁수

뻣뻣한 끈이 내뻗친 운동화를 받아 신고 앞으로 서너 발짝
뒤로 두 발짝 떠벅터벅 안방에서 걸어본다 듬쑥한데 뙤똑하니
신에 붙잖다 여섯 해 내내 멀쩡헌디 빨지 않어 그렇지 깨깟헌디
참새버덤 들 뛰면서 신발은 무슨 짐짓 뒷짐 진 채 구시렁궁시렁
제자리를 맴도는 저녁 방구고 방귀 어렵사리 샀어 크지 않아
작지 않은 목소리 어느 틈에 봄인지 살구꽃처럼 동글동실하다
흠 오라간만이 새벽 운동장 돌게 생겼군 선떡 받듯이 고부장히
손가락으로 꿰어 들고 덜레덜레 히물거리며 신발장으로 간다

3학년인가 2학년 국민학교 적 슬비슴이라며 사온 운동화는
징검돌 건너 아랫말 한달음에 주먹달음질할 만큼 왓따였는데
밤새 꼬까할메가 신고 갈라 바둑이가 물어뜯을라 마루 깊직이
올려놓고 잤는데 누가 가져갔을까 점심시간까지 뛰놀았는데
소풍날 솔수평이 보물처럼 찾지 못하고 선생님께 묻지 못하고
울멍울멍 걸어온 산되 지막골 알래몰래 그믐반달 되밟으니
돼지우릿간 지붕 웅그린 신발 달창에 개구리 소리 한죽은하고
단이슬 내린 귓기스락 뜨란 줌방 너머 죠개업 빗땡이 우렷하다

방구고 어떤 일을 이루려고 마음속으로 미리 마련하여 갖추며 알맞은 때를 엿보고

슬비슴 설을 맞이하여 새로 장만하여 입거나 신는 옷, 신발 따위를 이르는 말

주먹달음질 주먹을 불끈 쥐고 달려가는 짓

왓따 뜻밖에 생긴 엄청난 것이나 좋은 일로 기쁘거나 놀랐을 때 하는 말

산듸 충청남도 태안군 산후리

지막골 충청남도 태안군 산후리 2구 2반을 이르는 말

줌방 문짝을 끼우려고 두 쪽에 세운 기둥 아래에 가로 댄 나무

빗땡이 아궁이 따위에 불을 땔 때에, 불을 헤치거나 끌어내거나 거두어 넣거나 하는 데 쓰는 가느스름한 막대기

구만리 달마사리 봄언덕으로 가자

—4·16 비나리

웃지 마라 드나나나 앉아있는 내남보살아
백날마지 이마방아 도로 아미타불 공염불 아니더냐
눈 감고 공중에 다락 짓기였노라 난딋사람아
육장 줄로 친 듯한 눈먼 사랑 비바리 비라리 구트지 마라

세월호는 제턱인데 날로달로 들썽거리는데
동살 잡힌 아침 활짝 문 열고 나갈 데가 없는데
오그랑쪽박 같은 땅 빌어먹을 용골때질
우리를 어디로 짓내모는가 언제까지 구기박지르려 하는가

시키는 대로 앉아 조침조침 헛기다리다
이제나저제나 죽은 목숨 생목숨 굳은 힘 간힘 쓰는 세나절
옜다 썩은 산내끼 한 도막 던져주지 않더니
책걸상을 빼치우라 하느냐 숫제 신물 난다 하느냐

조국과 민족의 무궁한 영광을 위하여 몸과 마음을 바쳐
견마충성 절대복종 군홧발 하나회 틈바구니

달마사리 드넓은 땅 끝까지 달려가면서 일구는 사랑

비나리 자기 마음을 다지고 다른 사람들까지 일으켜 세우는 시가 가지고 있는 틀

용골때질 남의 부아를 돋우는 짓

조침조침 마음을 졸이며 잇따라 기다리는 꼴

세나절 한나절보다 세 배 많다는 뜻으로, 잠깐이면 끝마칠 수 있는 일을 느리게 하여 늦어지는 동안을 비웃거나 놀리는 말

산내끼 새끼로 만든 줄

깨어나 소리치는 끝없는 함성 앞서서 가나니 산 자여 따르라
그 아들에 그 어머니 노나메기 한울삶 살았느니

쫄망쇠들아 갑오년에서 갑오년 목네미삼에서 울돌목까지
너희는 물이못나게 우려먹고 곱죽였다
삼촌집사랑들이 쌈분 한번 못해본 꽃두루 꽃두레를
꼬까삐조차 할 수 없는 헛무덤으로 만들었다

다짜고짜 뱃머리를 돌린 탓이라고
선장 저놈이 때려죽일 놈이라고 더미씌우지 마라
앉은박말 그빨로 목천이 닭 잡듯 한상국농사를 짓지 마라
야울너울 젖은 촛불 찬재를 끼얹지 마라

너희가 등갑대기 벗기며 꿀떡꿀꺽 군침 삼킬 때
우리는 건건이 사리 마소일 마다 않고 심설이를 길러냈다
IMF FTA 따위 밑돌 빼서 윗돌 괴지 마라
새벽종이 어쩌고 새아침이 저쩌고 덕색질하지 마라

깨어나…… 따르라 '임을 위한 행진곡' 본디 노랫말 가운데

노나메기 나도 일하고 너도 일하여 나도 잘살고 너도 잘살되 올바로 잘살자는 우리 겨레 마음

쫄망쇠 무엇이든 다 먹어치우지만 그럴수록 마음이 좁아져 온누리까지 좁게 만드는 사람

목네미삼 충청남도 태안군 이원면 사창리에 있는 샘

쌈분 수릿날 상추 잎에 매달린 이슬을 모아 그 물로 얼굴을 씻는 일

꽃두루 여성과 함께 잔 적이 없는 도령

꼬까삐 시집 장가를 가지 못하고 죽은 사람 무덤에 진달래꽃을 바치며 슬픔을 달래주는 일

앉은박말 무슨 말을 힘주어 하기는 하나 마주이야기를 꺼리고 이웃과 어울리지 않다 보니 하는 말마다 앞뒤가 맞지 않는 말

목천이 닭 잡듯 무엇을 어설프게 하여 일을 그르치는 꼴을 빗대어 이르는 말

심설이 어떤 일을 믿고 맡길 수 있는 듬직한 사람

누가 이불 속에서 활개 친다 하는가
누가 다리 아래서 원을 꾸짖는다 하는가
어찌 질갓 씌우라 줄창 핏대를 세우지 않겠는가
어찌 짚둥우리 태우겠노라 얼낌덜낌 따라나서지 않겠는가

우리는 낮이나 밤이나 딸랑강아지가 아니다
대가리에 쉬슨 선떡부스러기가 아니다
너희도 돈 다음에 나온 부라퀴 떨거지는 아니었다
엉정벙정 말로 온 동네 다 겪는 떡 본 도깨비는 아니었다

즈 오메를 양로원 위층에 멀뚱히 뉘어놓고
즈 아베를 두멧골 도린곁에 자곡자곡이 들여놓고
명질 한첫날 장지아지에 후시미이나리
고무랫자루 다리밋자루 뒤집고 핥는 물랭 루주 암스테르담

들숨날숨 똥배 걱정 자나 깨나 냉가슴 나스닥 걱정
큰애기 불알만한 이우지 생각 뒷사람 생각

원 고을을 맡아 다스리던 벼슬아치를 이르는 말

질갓 진흙으로 만든 갓으로, 옛날에 태안 군수 송관화가 나이 어린 자기를 우습게 여기며 고개를 숙이지 않는 구실아치들을 꾸짖기 위해 씌운 갓

딸랑강아지 제 밑뿌리와 꿈을 잊은 채 다른 사람 뒤를 따라다니며 즐거워하는 사람을 빗대어 이르는 말

한첫날 설날

알파고 땜에 나사고제사고 다 죽게 생겼다고 지레 꿰지는
에미령한 팔랑귀 달 보고 짖는 개 뒤에서

아까아까 꿩 울었다 말하지 말자
승 청보 찜 쪄 먹게 닝큼넌떡 우엉을 까더라도
고수관이 뜸뜨게 말짱 딴청을 부리더라도
사돈네 개똥삼태기만도 못하다 왼발 구르고 침 뱉지 말자

죄죄반반 끝내준 4·13 똥개훈련
줄줄이 제 발등 찍고 꺼들렁거리는 봄밤
개천물 도깨빗국 기생지팡이까지 흠빨며 감빨며
할메 할아베 속눈물 불한숨 헬렐레 까먹는 술에 술 탄 이

개똥대갈, 주둥이로 밥 지으면 입가심도 못하는데
돈타령 시간 타령 엉덩뚱 맨날 그 타령
콩 구워 먹자는 소리인지 떡 치자는 말씀인지
개구리울음 쪽은 웃음 네 미룩 내 미룩 포천장 소 탓이라

나사고제사고 나하고 저하고
에미령한 가엽고 어리석은
팔랑귀 줏대가 없어 다른 사람이 하는 말에 잘 흔들리는 마음 바탕이나 사람을 빗대어 이르는 말
승 청보 스스로가 한 일인데 시치미를 떼고 모르는 체하는 사람을 빗대어 이르는 말
고수관 조선 끄트머리 충청남도 해미에서 태어난 소리 광대로, 풍김새에 맞추어 가락이나 아니리를 그때그때 바꿔 부르는 슬기가 뛰어났던 사람
개천물 커피
도깨빗국 술

달궁달궁 사월 헐떡거리는 신발짝들아
구만리 울력걸음 어깨를 겯어
하주물코 들어없는 한살매 멱치기를 해야 한다
물너울 갯바다 첨버덩어풍덩 뛰어들어 달걷이를 해야 한다

삼백예순날 빼물어먹은 제모리 서돌
돌구멍안 사시랑이 돌려세우고
돈빼골 하외치며 바른 곬을 여는 나네 다슬
왜앵왜앵 찌꿍찌꿍 맷돌질하는 마음밭 누리열림 물때썰때

벌말 황발이야 통개 부챗살마루야
골골이 말라빠진 전봇대 가두 가두 만대지만
엿 같은 공장굴뚝 강철이 같은 질껄들 내뻗쳤지만
스맷날 낙지 잡다 놓친 갯벌투셍이 발꿈치까지 올라오너라

어젯날 학이 울던 숯뱅이 수챗구멍 개구리야
간 발자국만 있고 온 발자국은 없는 한티고개 부룩송아지야

하주물코 모듬살이를 하는 사람들을 다스리고자 만든 나라 틀

한살매 누리에 태어나서 죽을 때까지 동안

멱치기 목숨을 건 이기고 지는 싸움

달걷이 동네에서 잘못된 일을 많이 한 사람을 바닷물에 빠뜨리고 보름달을 건져오라고 하여 바닷물에 잘못을 씻고 뉘우치게 하는 일

서돌 짓밟힐수록 타오르는 불꽃같은 무지렁이 얼

돈빼골 무엇을 만들 수 있는 연장을 돈으로 가진 사람이 마음대로 더 많은 돈을 모으는 일을 하도록 지켜주는 나라 틀

나네 언 땅을 지고 일어서는 새싹. 또는 그런 사람

다슬 일을 하면서 흘리는 땀

누리열림 앞과 다른 새로운 때가 시작되는 모습을 빗대어 이르는 말

황발이 농게 수컷

가두 가두 만대 어떤 일이나 되어 가는 꼴이 좀처럼 끝이 나지 않는 모습

스맷날 썰물과 밀물 차이로 볼 때에, 음력 열이틀과 스무이레를 이르는 말

한티고개 충청남도 태안군 동문리에서 상옥리로 넘어가는 고개

초록바위 너럭바위 건넛고을 빛고을 영산들아
퇴뫼 삼천리 아리랑 말무리 바랄꽃 옛토록 잘 잤느냐

길동무 아기네야 어기여차 일어나라
아리아리 달마사리 물추리나무 봄언덕으로 가자
맘판 넉살판 에여라차 겨레 뭇는 너른마당
도두들리는 불림소리 쇳소리 댓바람에 불꽃을 날려보자

남현철 박영인 조은화 허다윤
고창석 양승진 권재근 권혁규 이영숙

북두칠성 굽어보는 장독대 돌아드는 넋이여
복주깨 앙궈 놓은 구들목에 내려앉아
개갈딱지 안 나는 밀굿 넋받이 뎁세 풀쳐주시라
씩둑꺽둑 미안풀이 하는 나달 깜막 고갯방아 찧지 마시라

* 2016년 4월 충청남도 서산시 호수공원에서 열린 세월호 추모문화제에서 읽음.

건넛고을 제주도

퇴뫼 충청남도 태안군에 있는 산

바랄꽃 진달래꽃

아리아리 스스로에게나 다른 사람에게 힘을 북돋아줄 때 하는 말

맘판 가장 아름답고 거룩한 맨 꼭대기

넉살판 살면서 모자람 없이 마음에 들어 흐뭇한 땅

불림소리 잘못된 판을 깨고 새판을 짜는 소리

쇳소리 고달픈 삶을 달구고 바람을 깨우는 소리

복주깨 밥그릇 뚜껑

개갈딱지 안 나는 무엇을 또렷하게 맺고 끊는 맛이 없는

밀굿 무엇을 이루기 위하여 한자리를 떠나지 않고 모여서 뜻을 펴는 일

뎁세 미리 생각하는 바나 바라며 기다리는 여느 생각과는 맞서거나 다르게

깜막 머릿속에 간직하고 있는 생각 따위가 잠깐 흐려지는 꼴

떳떳수

꿀꿀한 꿈자리 묵새기며 새끼낮부터 오목을 둔다
담방덤벙 일할머리없이 돌을 부리다보니
원님이 좌수 볼기 치듯 해구멍 막기에 마침가락인데
딱딱 막아내는 솜씨가 보통내기들이 아니다
축에 걸리고 덤에 걸리고 두서너 점 깔고 두지 않지만
삼삼 사사 소성 서성 목목이 길찬 안골
노루 피하니 범이 오고 범 잡아먹는 담비가 있다
넘길수록 산 바라오르다 강팔라 허덕지덕 제도루메기인가
누리하제 좇아 귀양살이하는 빛다른 별우렁이
느리네 짜증이 나네 한가락 하는군 블랙스톤이잖아
자발머리없이 씨우적거리는 뜬것도 사귈 탓
아래위 사람 무릎을 맞대는 마음자리 바르고 아름답지요
누구 앞에서든 말할 수 있는 떳떳수거늘
앉은자리 돌아앉으며 봄눈오는길 홍두깨생갈이한다
구명조끼를 학생들은 입었다고 하는데 그렇게
가지 따 먹고 외수하는 뚱딴짓소리 않겠다
제 곬을 타고 제 곬에 들어설 윤동짓달 그믐까지

새끼낮 낮 열두 시가 채 되지 아니한 낮

일할머리없이 할 일 없이

누리하제 눈과 마음이 열려 있어서 더러운 것을 보면 참지 못하고 나서는 사람

별우렁이 하늘에 있는 별과 물속에 사는 우렁이처럼 둘 사이 높낮이나 겉보매가 매우 다름. 또는 그런 사람 사이를 빗대어 이르는 말

봄눈오는길 오목을 두는 곳에서 글쓴이가 쓰는 이름

구명조끼를…… 그렇게 2014년 4월 16일 박근혜 대통령이 한 말

걸레꽃머리

개심사 청벚꽃 진다기에 먼지떨음 나섰더니 수렛마당 들목
인성만성 넘쳐흘러 툴툴걸음 내친걸음 디대 쉼단 도드밟는데
지 · 혜 · 를 · 일 · 깨 · 워 · 열 · 어 · 준 · 다 앞서가는 말뜸
댕그랑땡그랑 바람종 소리 배우는이 상푸둥 고즈넉한 대웅전
짐짓 가려보기 싫어 해탈문 넘다 말고 명부전으로 드는 길
요사채 마룻전에 끼어 앉아 엄벙뗑 아닌 보살 노릇 차마 뭣하여
흐롱하롱 섭슬리는 늦봄 가슴길 뙤똑 외어선 채 펑펑 푸드덩
거쉰 멧갓 건너다보니 절터라 바람아래 아스라이 엎드린 밭골
농투성이 하루살이야 땅띔도 못할 시절인데 내남없이 한소끔
꽃구경 나온 발탄강아지들 앉으나 서나 호둘기바람 제바람에
너르듣는 꽃눈개비 도동실 돌이마음 민들레 아기씨 첫나들이
바람만바람만 눈바래다 나절가웃 이울어

걸레꽃머리 물걸레로 방바닥을 훔치면 걸레에 솔꽃가루가 묻어나는 그즈음

개심사 충청남도 서산시 운산면 상왕산에 있는 절

툴툴걸음 마음에 차지 아니하여 몹시 투덜거리며 걷는 걸음

디대 사람이 오르내리기 위하여 집이나 비탈에 만든 층층대

말뜸 부처님 가르침을 따르고 닦기 위한 실마리를 이르는 말

가슴길 '마음'을 아름답게 이르는 말

거쉰 목소리가 쉰 듯하면서 굵직한

호둘기바람 가벼운 옷차림

글자살이

쉰 넘은 낮뒤 늦은 점심 먹고 뒷장 보러간다
어버이 걸음걸음 붙따르는 길은
우리말 사전 갈피살피 뒤살피며 여살피며
논밭 발자리 사무친 말씨 오롯이 거두어들이는 일
장딴지 쥐가 오르고 궁둥짝 더뎅이지는 온해
앉은걸음 낮에 밤을 이은 장승걸음
눈은 그까짓 것 하고 손은 열흘길 멀다고 어비 하지만
부미턱거리 꾸엉꿔엉 우는 날 다음날
개구랑목 건너 발맘발맘 어려운 걸음을 한다
수이똥벌레 물구나무서는 산듸 우잇질 다랑치 꼽드니
똬리 틀고 소롯이 잠든 글알 한 마리
『말 속에 말』 옴시레기 삼킨 모둔오월 무자치 같다
뛰지도 걷지도 못해 앉아 배기는 글자살이
도낏자루 끄떡없이 날강목치는데
허뿔싸 눈바람 엇서 옳으로 돌아오는 밤 칠칠이
곧 죽어도 죽겠네 아쉬운 소리 않는다
눈 뜨고 못 볼 세상 돈저울 다다 마다할 뿐

낮뒤 한낮이 지난 뒤부터 저녁까지 동안

여살피며 눈여겨 살펴보며

장승걸음 느리고 굼뜨게 걷는 걸음

부미턱거리 충청남도 태안군 산후리 지막골에 있는 고개

개구랑목 충청남도 태안군 태안여고 앞에 있던 개울

수이똥벌레 쇠똥구리

우잇질 충청남도 태안군 산후리로 가는 백화산 산자락을 따라 난 산길

다랑치 산골짜기에 겹겹이 만든 좁고 작은 논

글알 시

『말 속에 말』 글쓴이가 갈무리한 국어사전

모둔오월 해가 길어서 몹시 지루하게 지나가는 한 달이라는 뜻으로, 음력 5월을 이르는 말

을멕이

말두 말어 품앗이 일꾼덜이 죄 들놓두 않은 디가 그새 앉었어 읃어 온 쐐기마냥 상머리 붙어다려 건건이 종재기 끄서댕기구 쌀을 째끔 한 말이나 월마 팔어다가 요맹큼 보리밥이다 늫구선 섞어 퍼놨넌디 즘슨상 다시 볼라니 밥이 남었나 반천이 있겄나 할아베두 한 사벌 애덜두 한 사벌 무잇벌 까그매 네리듯 뫼드니

모 심구는 날이랑 바슴헐 적인 발등이 수둑이 붰어 후박마냥 일꾼 하나이 담베 한 각쓱 딱딱 끄내다 주구 참참이 막걸리를 받어주구 저녁실참마직 가설랑은 또 받어다 노야구 워쨌거나 하루 열두 번 댕였응께 들먹날먹 말통 거우르는디 장사 있간 여북헤야 들바라지 가선 모꾼 장뎅이다 대구 붊다굴 다 헸으까

으자덜두 마천가지여 스이 느이 데꾸 오너 하난 업구 하난 뒷잡구 저만침 따러댕이구 으내 두 골망 매야 뷜 둥 말 둥 워칙여 아즘참 헤주구 즘슨 헤주구 돌어스자마자 저녁실참 저녁밥까장 늿 때를 입치다꺼리허다 낫브다 널름대넌 아이덜 늫캥이 쥐어주구 서르지구 허리 일쓰먼 희누러니 달물 올랐어

을멕이 다른 사람 집에 와서 거드는 일도 없이 먹기만 하는 사람

팔어다가 사다가

무잇벌 흙을 둥글게 쌓아 올려서 만든 무덤 앞쪽으로 판판하고 넓은 곳

까그매 까마귀

바슴 먹을거리가 되는 이삭을 떨어서 낟알을 거두는 일

실참 일을 하다가 잠깐 쉬면서 먹고 마시는 것. 또는 그런 동안

가설랑은 가서는

붊다 부럽다

으내 거의 틀림없이 언제나

낫브다 먹는 것이 먹고 싶은 만큼 배에 차지 아니하다

눙캥이 솥 바닥에 눌어붙은 밥

서르지구 설거지하고

달물 달 언저리에 둥그렇게 나타나는 빛깔이 있는 테

봄도 한철 꽃도 한철

부처님이 두 번 오시면 좋을 텐데
예수님도 두벌 오지 않어
별루야 그땐 어디 가봐도 추워
요샌 땀나 북적벅적헌 디 돌어댕기기
망월동 가까 일찌감치 둘이
우리 거기 점 가보자 봉하마을
들어가는 집께 괜찮으까
차 타고 다니며 질 맥힌다구 허먼 쓰간
감꽃 폈나나 둘러보고 오자
소만 옆댕이 무슨 인저 모심더먼
일어나걸랑 깨워 밥 먹게
초슬목이 자먼 멧산 자 늦이지
갑삭곱삭 고패절하지 말구 불 끄고 와
몸맞이 나오시려구 졸립다며
심들다니까 당신 자나 깨나 운전
요기가 자 아랫동네인감
게나예나 밤새껏 홍두깨에 꽃 피나

망월동 여기서는, '전두환 대통령 각하 내외분 민박 마을'이라는 글이 묻혀 있는 곳을 이르는 말

초슬목 날이 어두워지고 얼마 되지 않은 때

멧산자 늦 '출출하다'는 뜻으로 하는 말

고패절 고개를 숙이어 하는 절

봉하마을 씨감자

괜히바빠하다아홉해만에발그림자먼길했더니
집가까운곳에아주작은비석하나남기지못하고
서덜밭에엎드러져대통령노무현은살고있더라
조선건국이래로육백년동안우리는권력에맞서
뭐라뭐라떠들다막걸리사발건네고는바보답게
여러분안녕히돌아가시고요다음에또만납시다

웃는데

우흥부엉이바위오를수없다며내려갈수없다며
멧기슭지르숙은자씨좀처럼일어날줄모르더라

집가까운…… 비석하나 노무현 대통령이 죽음에 이르러 남긴 글 가운데

서덜밭 돌이 많이 깔린 곳을 힘주어 이르는 말

조선건국…… 권력에맞서 2002년 노무현이 민주당 대통령 후보가 된 다음에 한 말 가운데

지르숙은 어느 한쪽으로 크게 기울어진

여름

굽절음 없는 곬 오지꼬지 곰파는 말 뒤에 말

I vote challenge

—뭘 하나

뭘

하자는

밭은소린지

I Vote

Challenge

하

얼빠진

밥통구린지

I vote challenge

아이 봇트 찰렌지

나

혼자만

답답선인지

I vote challenge 2018년 6·13 지방 선거를 앞두고 중앙선거관리위원회가 우리나라 사람들에게 널리 알린 말

밥통구린지 밥만 모자라게 하고 제구실을 못하는 어리석은 사람인지

답답선인지 일을 하는데 갈피를 나누어 가를 줄 모르거나 약삭빠르지 못하여 생각이나 하는 짓이 갑갑하게 보이는 사람인지

네해돌이

겉바른 팻말
엎숙이고
내흔들던 엉너릿손

어디 갔을까
반지빠른 입찬소리
왜장독장치더니

보내주신 성원에 감사드립니다

풍년거지 설운
명정거리
번번히 어여번듯한데

되는 것도
안 되는 것도 없는
똥항아리 쳇것

엎숙이고 몸을 아래로 굽히며 고개를 숙이고

엉너릿손 마음을 사려고 사람을 그럴듯하게 꾀어넘기는 솜씨

반지빠른 말짓 따위가 어수룩한 맛이 없이 얄미울 만큼 약삭빠른

왜장독장치더니 제 위에 아무도 없는 듯이 혼자서 마구 큰소리를 치더니

어여번듯한데 드러내 보이기에 아주 나무랄 데 없이 훌륭하고 떳떳한데

개망초농사

이 꽃 다 뭐야
개망처랴
엄마할머니가 심었어요
즤가 컸어 쑥쑥
와 예쁘다
무슨, 울애기보담 후분지지

감똑 감똑 오소소 꼰진 오줌독
밀잠자리 갸우뚱하는 하짓머리

엄마할머니 어린아이 말로, '외증조할머니'를 이르는 말

후분지지 그쯤은 아무것도 아니지

꼰진 위에서 아래로 박히듯이 내려지거나 떨어진

공돈머리장난

고수머리 더벅머리 까꾸머리 바둑머리 노랑머리 종종머리
번대머리 도가머리 호비머리 절박머리 보리머리 올림머리

너나없이

발등을 밟히고 다리를 들리고
주먹비 솟치는 여름밤 대마루
엎치나 덮치나

뉘뉘로
모르면 모르되 열나절 차이다
그물망 넘기면 높높이 들레는 뒷소리

콩팔칠팔

게정머리 배알머리 넉살머리 얌통머리 주변머리 소갈머리
주책머리 앙달머리 넌덜머리 진절머리 새퉁머리 인간머리

까꾸머리 뒤통수가 나온 머리. 또는 그런 머리를 가진 사람

절박머리 결이 곱고 반질반질한 머리카락

대마루 되고 못 되는 일이나 이기고 지는 일을 매듭짓는 마지막 판

콩팔칠팔 하찮은 일을 가지고 트집을 잡아 캐묻고 따지는 꼴

씨알머리

강아지는 품고
아이는 걸리고

나뜰나뜰
쫄쫄

아으홍 찌꿍
진흙새 우는 수릿날
고추나무에 그네를 뛰러 가는
여름 하늘에 소낙비
까만 버찟길

꽁꽁
토들토들

좀개는 보채고
애는 응응대고

나뜰나뜰 자꾸 가볍고 방정맞은 데가 있게 움직이는 꼴

진흙새 『고금소총』에 나오는 새

버찟길 벚나무 열매가 떨어진 길

토들토들 무엇이 못마땅하여 혼잣말로 종알거리는 꼴

오뉴월 손님은 눈깔망나니보다 무섭다

어서오세요 유심칩 바꿀라구요 번호가 몇 번이세요 저희가 일 년 이내면 무상으로 암만 어련허시겄어요 너덧 해 실컨 썼으니께 둔 내구 갈으야겄죠 명의자 신분증 가지고 오셨어요 유심칩을 바꾸시라구만 허던디요 신분증이 있어야지 변경이 어이참 아츰버텀 때약벹이 오라 가라 두벌놀음 시키네요

고객님 신분증도 주세요 집이다 뒀넌디 요새두 되민증 갖구 댕인대요 명의자 신분증하고 대리인 신분증이 같이 필요해요 아깐 그런 얘기 안 했잖요 아까는 저희가 명의자랑 고객님이 고객이 알어는 듣겄넌디 발바닥이 열나네요 거기 좀 앉으세요 앉으나 스나 넘새무끄럽게 점더락 떨거덩 방아 갈구먼요

업무 처리를 못하니까요 고객님 고객이 바글부글 끓넌 게 국인지 장인지 물러두 그렇지 용춤 추게 맹글먼 쓴대요 디립다 죄송해요 그게 아니라 헐 짓이 뭇 돼죠 네 그런디 애는 뭐대요 유심칩 비밀번호 카든데요 고객님이 유심칩 설정을 하실 때 그료 나가면서 제다 잊번질 이애기구 볼 장 다 보셨남요

암만 아무려면

넘새무끄럽게 창피하여 다른 사람을 마주하기가 부끄럽게

점더락 해가 져서 어두워질 때까지

떨거덩 방아 떨거덩하는 빈 방아를 찧듯이 무슨 일을 헛하였다는 말

제다 남김없이 모조리

워째 그런지 몰라

며느리 도리래니까 직수굿이 해왔는데 두말 안 하고 이제껏
시어머니한테 정이 남았어 시아버지한테 든든히 미쁨 받았어
열두 해째 당신 부모 제사 음식 장만했는데 하다못해 정다이
모여 앉아 제사를 지낸 적 있냐구 어제도 봐 오만상 찡그리고
저 애들이 뭘 배우겠어 알조지 뻑뻑뻑 안 피우던 담배나 빨고
뒤주춤하고 있으니 통 찾을모가 없다니까 큰아들이 되었으면
왜 안 와 혼꾸멍내든가 때려치우든가 누구네처럼 저래야는데
이러고 있으니 내나 당신이나 갈라서자는 소리밖에 더 나와
여적지 제사를 모셔왔지만 조상이 뭘 건사해줬냐구 우리한테
제삿날이 여늬날 닿으면 쥐뿔도 안 와 암튼 띠앗머리하고는
세상에 자기 일 안 바쁜 등신 있나 즈네 부모 제사 지내는데
전화해 제삿날인데요 말해야 하나 중뿔나게 생일상 차려놔도
한두 번 안 온 게 아닌데 이승 인연 저승까지 잇고 싶겠냐고
더워 죽겠구만 뭐하는 짓이람 그제부터 은근살짝 신경 쓰이고
먹을알 없이 음식 만들고 아닌 말로 죽은 사람이 굶고 사나
산 사람 얼굴을 보겠다고 지냈더니 암시렁투 않은 거라 인제
과일 상자나 들고 원경 늦은 경으로 찾으니 고맙지 않냐 식이라

뒤주춤하고 어찌할 바를 몰라 한쪽 구석이나 뒤에서 망설이고

여적지 지금까지

여늬날 쉬는 날이 아닌 날

먹을알 그다지 힘들이지 아니하고 생기거나 차지하게 되는 알속

암시렁투 아무렇지도

우리 집이 온다구요?

터미날이라구요 불낙게 가께요 뉘님두 참 배깥날이 겁나게 찌물쿤디 바람은 무슨 중복허릿도막이 그료 그럼 예 맨 앞짝이 보먼 토스투어라구 뵈나요 일칭 예 그 압피서 근널목 근느먼 그러니께요 짐차가 대산 승연 때미 집두 늘었구 오른짝이루다 치과랑 무슨 보청기 있넌디 맞이요 거기 닥터 이치과 와이덱스 글리 쭈욱 오다 애덜요 큰애는 서울서 핵교 댕기구 즉은아인 고등핵교 아뇨 공주 그렇죠 심들겄죠 맨날 그러구 앉었으니께 넘덜은 둘이 밤돌이루 좋겄네 웃더먼 뭐였더라 뭔 체널인디 오던창 지나구선 CU서 꺾어 들오먼 주민센타 있구 그 옆댕이가 MG 스산새마을금고 있구 곧장 빤듯이 네로먼 현대아파트 기요 빵집덜 싹다 망헸넌디 그랑뿌리베이커린가 참 용허네요 애 낳구 줄창 댕겼지요 인저 좀 그렇다넌디 노상 이러구 있으니 현대마트 끼구 에여짝이루다 돌먼 거전 다 왔시요 허연 지벙 더 클래스 외딩 그 다음이 우체국 365코너 코압피 vivaldi 아파트 이름이 세련데 보인다구요 뭘 좋아허냐구요 어이구야 말허기 심들게 짐스럽게 뭘 들구 온다구 뒷간 가재두 땀나더먼 기냥 오요 이전차람 사뿐사푼 지가지가 삼팔선 고무줄 넘듯

불낙게 몹시 서두르며 매우 빠르게

찌물쿤디 날씨가 무엇을 푹푹 쪄서 무르게 할 만큼 매우 더워지는데

중복허릿도막 중복 무렵 가장 더운 때를 힘주어 이르는 말

지가지가 삼팔선 고무줄놀이를 할 때 부르는 노랫말 가운데

이느무 날

워쩐 일루다 츤서 턱밑이두 치과가 생겨 서울치과두 있구
김붕환이두 있구 승심치과 즌치과 아이덜 이빨 잡어매넌 디두
두 갠가 있다머 저짝 질모캥이 이칭인가 삼칭이 암튼 찌다랗게
간판 께달던디 이름이 뭐더라 올려다보먼 맨 치과뿐이 읎으니
이전이야 때워 놓구 기냥저냥 써 보라더니 인전 빼더먼 암부러
임풀란튼가 뭔가 몇 백 딜여 헤박구는 헤벌레 자기피더먼그려
여봐 야 안차 이태 앞서 씌웠던 디 사십만 원 달랴 장뀐 두러눴다
일어나먼 아구창이 얼얼허니 말두 으든허구 응 빌어먹었던디
맞나 물러 당진 양반 스산 사람 태얀 늠 워니 둥네 가나 금끔은
똑같다니께 긴 중 알으야지 나원참 엊그저끼 십구만 원 챘댜
냇개 망둥이가 뛰먼 허구렝이 가제알라 뜨잖어 둔이구 자시구
장 다음날 겝말 추씌먼 뭐더 물꼬추 시 푸대 쏟다 말구 내뺐지
집이 할미새야 늦더락 삐쪽삐쪽 조조그리거나 마나 워쩔 겨
잡때버텀 나오랬넌디 용빨 재주 있간 웃으머 숙읎이 오메가메
들르라넌디 누굴 쑤세루 아나 즉으나허먼 오뉴월 쓰릿발 만침
띠염띠염 댕이야지 그나저나 움먹차 돌려 봤남 뭣 점 안 온다담
어으 가제 시르멍허니 죽겄구먼 이느무 날 언간히 찐다 쪄

암부러 일부러

자기피더먼 제 자랑을 하더만

안차 안에 있는 것

장꿘 얼마 되지 않는 매우 짧은 동안

으든허구 입속 느낌이 무디어져 말소리가 힘들이거나 애쓰지 않고 저절로 되지 못하고

빌어먹었던디 몹시 마음에 들지 아니할 때 투덜거리는 말버릇으로 하는 말

냇개 충청남도 태안군 삭선리 해창 마을 건너 산후리 2구 바닷가 가까운 곳

허구렝이 충청남도 태안군 산후리 2구 옥수천 위쪽 백화산 골짜기

가제알라 가재까지

겝말 바지 허리를 접어서 여민 사이

조조그리거나 남이 잘 알아들을 수 없는 작은 목소리로 혼자서 지꾸 말하거나

쑤세 어리석고 못난 사람을 얕잡아 이르는 말

즉으나허먼 일이 되어가는 꼴이 다소나마 된다면

움먹차 윗목에 있는 것이란 뜻으로, '텔레비전'을 이르는 말

가제 그렇지 않아도 매우

어떻게든 해 보려고

근데 이게 비아그라 타러 나오는 게 그게 아닐 수도 있어 우리는 비아그라 딱 그러면 어이구 하지도 못할 놈이 잠방이 벗는다고 비가 오나 눈이 오나 샘 파냐 대뜸 이런 생각 들잖아 얻다 꿀단지 묻어 놓고 안해님 몰래 들랑날랑 주전부리하자니 오죽하겠어 이리 빈정거리잖아 그치만 이불 속을 떠들쳐봤나 집구석 새벽일이 시원찮으니까 죽으나 사나 먹을 수도 있잖아 진짜 당문파 샤님들 많다고 봐 근데 아니야 팔십 다 된 어르신이 처방전 받는 건 죽었다 깨어도 할머니랑은 아니야

그니까 말야 우리 병원에도 뜸뜸이 오시는 할아버지가 있어 그걸 받으러 와 올 적마다 할머니 손을 꼬옥 잡고 다니는데 왼손은 할머니 허리 안고 보란듯 들오니 뒷욕 안 할 수 있나 얼레 저게 뭐람 꼴뵈게 남자들은 암튼 문지방 넘을 힘만 있으면 난초에 공산 껍데기 들고 술 다섯 끗 따먹자 대든다니까 그러고 그러다 회식 자리에서 또 나왔어 그 얘기 할아버지가 너무한다 밥맛없다 요러쿵조러쿵 칠월 열쭝이 모양 실떡대는데 원장이 얼핏 웃더니 그러드라 그분이 워낙 깔끔하대 나이 들어 속옷에 실례를 하니까 어떻게든 해보려고 찾아오는 거래

안해님 다른 사람 아내를 높여 이르는 말

샤님 장가가서 여자와 짝이 된 사내

뜸뜸이 얼마쯤씩 있다가 가끔

꼴뵈게 보기에 아니꼬워 마음에 거슬리게

흰오리 꺽뒤를 본 적이 있나요

덜레달래 나서는 하룻머리

애잇머리 초꼬슴부터 부스럭거리는 아이를 수렛머리까지 바래고 돌아와 구시렁구시렁 꿈자리 관자놀이 쓸어내리다 이부자리 배우리 손을 디밀다 끙 뒤쳐누우니 헤실바실 풀린 잠내 간데온데없고 왱 왱 기름매미 소리 맴돌이치는 아침날 빗밑이 무겁고 후텁지근한 꼬락서니가 오늘 하루 보나마나 겉볼안이군 씨우적거리며 「변 사또의 약력」 얹어 놓고 찬광문 젖혀 놓고 물 한 모금 볼가심 목축임하며 뭔 소리 없나 바보상자 옆구리 누르고 누르고 꾹 눌러버리고 손치 셈틀 보임틀 마주 앉으며 엇박이 바람틀 주저앉히며 꽂씨 새나무 샛검불 알집 하염직한 『겨레말 갈래 큰사전』을 톺아보는데 딸깍 손놀이터 소리 조로롱조롱 소마 소리 개심사나 가볼라 깊수룸한 맞품 소리에 덜레달래 나서는 하룻머리

뒤쳐누우니 다른 사람과 몸을 등지고 누우니

잠내 잠이 오거나 아직 잠에서 깨어나지 못한 모습이나 낯빛

찬광 냉장고

손치 손이 닿을 만큼 가까운 곳

셈틀 컴퓨터

보임틀 모니터

바람틀 선풍기

손놀이터 스마트폰

맞품 마주 품어주는 사람

눈결 구름결 나분이 넘노는

첫닭울이 된새벽쯤인가 추덕투덕 물 발자국 헤갈스러운 올빼미새벽쯤인가 한바탕 우렛소리 귀너머소리로 뭉갰더니 똑뜨름 볼멋 없는 신창 저수지 울근불근 껑더리된 곁가리에 풍그렁한 새금물이 웅실굼실 넘쳐나고 들면날면 북새 놓던 차마당은 가위 쉰 가시집 무이마당처럼 덩다라니 한갓진데 문어귀 앉음앉음 늘어앉은 수련 봉오리 너댓 발 꽈리주둥이 섬 진 놈 멱 인 아낙 어리친 개새끼 하나 없는 솔모루 빗골짜기 곤두박질하는 복닥물 디딤바닥 벌창 손깍지 끼는 엷지기 되똥 되똥 발꿈치 걸음 발밤발맘 조오치 아저씨 아줌씨요 좋지요 모결음치는 꽁지발 애매미 궁둥이내외하는 도라지 원추리 꽃꼭지 풋꼭지 달망달망 어부랭이 깃동잠자리 은짬 이음짬 눈결 구름결 나분이 넘노는 나무말미

똑뜨름 생각하였던 대로

가시집 아내 어버이가 사는 집을 낮잡아 이르는 말

솔모루 소나무가 많이 있는 모퉁이

복닥물 소나기나 큰물이 모여 빠르게 몰아치며 흐르는 물

나분이 나직하게 날아서 땅에 가깝게

다시없는 아홉 살 여름날

안날 보리저녁 해껏 이때껏 댓줄기 노드리듯 퍼붓는 날 산듸 애들은 후딱 가라는 날 징글맞은 산수 빙글빙글 빼먹고 추썩대는 괴춤 어깨춤 읍내것들 귀먹은 욕 주먹감자쯤이야 쫓아오든 오다말든 해발쪽이 내닫는 학교 웃비걷는 뒤울이 모래기재 홀랑 너머 미군부대 치오르는 길녘 흙탕물 웅덩이 코를 쥐고 옹악옹악 옹액이 손더듬다 시어터진 도사리 자두 히쭉벌쭉 베물며 숲정이 들어서자 징검돌 빨랫돌 물미씨개 몽땅 섭슬린 장마통 울렁술렁 큰물 진 미루나무 냇둑마루에 요제나조제나 올똥말똥 또바기 노박이로 서 있는 우리 옴마 청개구리 호박잎 뛰어오르듯 혼혼한 등거리 납작 옹그리면 오마조마 들이뛰는 가슴 허이허이 응차 단무릎에 건네주던 달크무레한 잔등이 다시없는 아홉 살 여름날

모래기재 충청남도 태안군 남문리 저자에서 삭선리로 넘어가는 고개

옹액이 맹꽁이

물미씨개 장마 때 물에 쓸려 떠내려온 나뭇가지나 검불 따위

노박이 한곳에 붙박이로 있는 사람

단무릎 무릎을 대고 시작한 김에 단박

오지꼬지 곰파는 말 뒤에 말

콩밭 들머리 홀홀 내리는 참새 무리무리 휘청이는 개나리 목쉰 뜸부기 뜸 뜸 들어선 배동바지 물꼬받이 뒷짐 진 삽자루 해나른한 빨랫줄 보리잠자리 톡 톡 미역 감는 꼬랑지 소락지 짠지 승건지 고추장 종지 마늘 대여섯 쪽 올라앉은 대창말레 드르렁드렁 모로 누운 코골이 넉 점 때알이 어정칠월 아버지 콩 콩 코방아 찧는 쏙소리감 마당귀 우리 심으룬 후답을…… 끙 돌아앉은 막담배 이환네 탁배기 두어 사발 하루해 기울어 곱들이 누운 자리 손발 걷으며 꿈만한 까막길 눈바래움하는 큰아들 진지리꼽재기 땅자리 지짐거리는 여름비 가뜬하게 긋지 못하고 굽절음 없는 곬 오지꼬지 곰파는 말 뒤에 말 열여섯 홁가슴 마른가슴 맹꽁이덩이 바른고장이로 북주는 글밭고랑 오밀꼬밀 제자리걸음 여드레 팔십 리

오지꼬지 찬찬히 꼼꼼하게 따지면서 이것저것 캐묻는 꼴

소락지 둘레가 조금 높고 굽이 없는 접시처럼 생긴 넓은 질그릇

대창말레 몸채 방과 방 사이에 있는 큰 마루

때알이 시간을 재거나 시간이 어느 때인지 나타내는 연장

쏙소리감 크기가 작고 상수리처럼 생긴 예전부터 내려오는 감

후답 일 따위를 맡아서 쉽게 해냄

곱들이 맨 처음부터 가지고 있는 모습대로 곱고 고스란히

바른고장이로 거짓으로 꾸미지 않고 있는 일 그대로

오밀꼬밀 일을 꼼꼼하고 찬찬히 하느라고 매우 굼뜨게 움직이는 꼴

물그림자 시원섭섭히 뒤돌아서는

쇠털같이 하나한 무싯날 해질머리 다저녁때 퀭한 눈구석 모람모람 애비야 찾을 때 젓가락으로 짐치멀국 찍어 먹듯 휭하니 도다녀가는 서남풍 꽁무니 녹두 꼬투리 토라질 때 그려 질 조심혀 쏟아진 머릿수건 주워들며 굽은 허리 일쓰며 지겟등태 짚고 허리춤 추씌는 자식 농사 내림내림 새고자리 외나무다리 발발 건너 목자맞히기 아싸 아자 세 발짝 큰아이는 청파 큰배움터로 가고 약숫물 종구락 앞지락 옴팡 휘지르며 나야 나 한 발짝 작은아이는 곰나루 건너 봉황관으로 간다는데 빗바람 마티며 귀 떨어진 돌탑 넌즈기 빗쓸다 날은 마룻전에 앉아 발가우리한 달고운내 눈부처 잔조롭히고 들여다보다 타다닥 솟치는 뫳비둘기 먼눈팔다 북새 일듯 새붉은 거울못 백일홍 무젖은 물그림자 시원섭섭히 뒤돌아서는

하나한 많고 많은

짐치멀국 김치국물

추씨는 추어올려 잘 다루는

종구락 조그마한 바가지

달고운내 서로 사랑하는 사람

북새 해가 뜨거나 질 무렵, 하늘이 햇빛을 받아 붉게 보이는 모습

거울못 개심사에 있는 연못

십 리에 한 걸음 오 리에 한 걸음

말매미 소리 높이 베고 꿀잠 자는 점심결 후터분한 바람결
시험은 그냥 그랬고 지금은 4호선 타고 대학로로 가고 있어
비는 아까아까 그쳤지 언니가 말하는 <모범생들> 보고 저녁
먹고 갈게 알었어 휴가철 지하철 밀릴 테니 늦지 않게 댕여
인사동 혜화동 눈 익고 손 설던 시렁 눈 부채 손 여봐란듯이
잊었노라 흰목 젖히며 눈감땡감 남진아비 되었는데 꾸덕구덕
얼마르는 겨우살이 빨랫줄에 빽빽이 몸을 잠근 바지랑대살이
곧아오르던 스무남은 해 섬마섬마 얼뚱아기 질라래비훨훨
복제비가 되었는데 하뿔싸 환갑도 내일모레 고대 굽은 어깨
귀를 넘는데 벼룻논 시무구지 못 했어도 가을벳기는 해야는데
십 리에 한 걸음 오 리에 한 걸음 늘힛늘힛 드팀없이 한나름
되마중 가는 녹두밭 윗머리 별똥지기 흰오리

흰목 터무니없이 제 힘을 뽐냄

눈감땡감 얼김에 슬쩍 다른 사람을 속여 넘기는 꼴

시무구지 세 벌 논매기를 끝내고 머슴들이 놀던 놀이

가을벳기 가을걷이가 끝난 뒤 술과 떡을 차려 놓고 이웃 사람들을 맞이하는 일

녹두밭 윗머리 비가 내려도 고이지 아니하여 녹두나 심을 수 있는 메마른 밭

가을

고금아꽃 피듯 알게 모르게 저들한테서 풀려났을 뿐

8시 15분

—가름목에서

그러니 여기 좀 봐

건늠길인지
거님길인지

무슨 생각을 하는지
귀 막고 코를 박고 목지름하는
넉점박이 좀 봐

잠깐만 저것 좀 봐

파란불이야
누른불이야

얼른 건너란 말이야
아침부터 도릿또릿 몰아붙이는
외눈부처 좀 봐

목지름하는 길을 가깝게 맞모금으로 건너가는

넉점박이 '사람'을 낮잡아 이르는 말

외눈부처 하나밖에 없는 눈동자라는 뜻으로, 매우 값진 물건을 빗대어 이르는 말

암마뚜마

옴마저것덜이나를불랙리스트라구불른다네무슨소리냐구오락가락물어들이는갯반닥근너말이지뭐쌀독뉘마냥남은게술독초파리만두무던늠집어내뜨려두션찮언그시미이렜으면밤들어고상고상뒤스르지않었을라나자슥뭇낳넌집싀집오너지지배만내리싯놓구서릿가을달구리그여사내자슥낳아놓구진자리돌어다보며옴머이울애기불알만새까맣구먼그렜다메백날지침하두밑질겨일져므리청깨구리훑어딜이구공붓머리넘구츠질라용을찬찬히댈여멕이구새벅드리물질러가설람은잉어한마리잘람찰람건져왔다넌꿈듣두보두뭇헌네렁것덜이예예하리쟁이노릇문서놀음허자니넘한티꼬리표나붙였겄지나름대루사넌디눈쎕춤추구자빼져그중것이홍야붕야허겄지여름내왕매얌잡으러감낭구꼭대기올러댕기다또곤두백힐라아서라아서밑둥거리수이똥발르구아까시쪄다뺑돌리쌈매구핵교갈적인가방사주구짜장사주구노란즈금통알라사줬넌디워니절이쌀한말둔사물한수항들이넌싸가지읎넌시절닥치니입이루들오지않넌거야침생키먼그만인디입이서텨나오넌건옴마말마따나암마뚜말으야넌디응숙이받치네워칙허야옳댜

갯반닥 바닷물이 드나드는 바닥

그시미 거세미나방 애벌레

그여 마지막에 가서는 기어이

일쳐므리 이르게나 저물게나

용 몸을 튼튼하게 하려고 달여 먹는 사슴뿔

새벅드리 아침에 아주 일찍이

왕매얌 말매미

워니절이 알지 못하는 잠깐 사이에

한말둔사 한 말을 팔아

수항 물지게로 물을 길어서 나를 때 쓰는 물그릇

이끔 생각허면 뭐더러 그렜넌지

짊은개 그 집이가 찰베 있다구

우리 아버지가 짊은개 그 집이가 찰베 있다구 넘한티 듣구 슬떡 헤 먹자구 찰베를 팔러 갔어 그 집 할메는 원체 싸낙쟁이구 승달 빨렛독 같은디 아들덜은 영그지지 뭇헌지 고맨고맨허니 아닐성부르니께 즉은아덜 데리구 따루나 옴팡집서 농사 짓구 살었던 모냥이라 워쨌넌지 할메가 갯반닥 잿갓티 골망 골망이 오질나게 쑤시구 댕이머 그악시러니 아버지가 글쎄 큰사윗감 생김생김 쳐보두 않구 이 집이다 딸을 주면 패는 째두 입동 언서리 가워보리 극정은 덜겄구먼 수이여기구

짚은개 충청남도 서산시 부석면 마룡리 4반

슬떡 설날에 해 먹는 떡

팔러 사러

영그지지 사람됨이나 씀씀이 따위가 매우 옹골차고 여무지지

아닐성부르니께 아닌 것 같아 보이니까

따루나 본디 살던 집에서 떨어져 나와 따로 나가

그악시러니 끈질기고 억척스러운 데가 있으니

쳐보두 겪어 보지도

패는 째두 매우 가난하게 살아도

언서리 둘레를 이룬 가나 그 가까이

수이여기구 쉽게 생각하고

시그니 뜯어다 짜지짠 된장 떼다

가마 타구 가마이다 오강 하나 싣구 거기다가 벳짚 눟구선 열일굽 먹어 시집오넌디 네려 들어갈라니 꼭닥집 긔딱젱이여 말레두 읎구 구이 낮짝만 헌 문구녕 하나 뚫린 집이서 옴닥옴닥 살 적인디 슨희네 지삿날였어 춘예랑 아버진 발써 근너갔지먼 풋각시니께 옴나위헐 수 있이야지 시그니 뜯어다 짜지짠 된장 소굼물이 엊그제 담군 된장 떼다 놓구 보리곱삶이 먹구 있자니 해우 장사 할메가 우리 집이 들오너 새닥 저 너머 잔치 났던디 워쩐 일이랴 흐껭이들린 사람모냥 사레들리겄네

시그니 시금치

오강 오줌을 누는 그릇

꼭닥집 꼭대기에 있는 집

괴딱젱이 집이 작고 허술함을 빗대어 이르는 말

구이 고양이

해우 김

새닥 '새색시'를 높여 이르는 말

흐껭이들린 굶주리어 무엇이든 몹시 먹고 싶어 하는

꺼끙그려 능그구 다시금 대껴서

담쭉 모갱이 쌀보리 갈었다 이삭만 벼다 이리 손이루 부시러 껄껄헌 늠 꺼끙그려 능그구 알멩이만 쏙 빠지게 다시금 대껴서 살짝 볶든지 그러지 않으면 매이다 자르르르 타가지군 체이다 탁탁 쳐 쏟어진 저는 모다 냅비리구 너스레기 탑세기 깨깟허게 까불르구 통삼이 가 복복복 씻쳐서 물을 팔팔 끓여서 붓구서는 디적디적 줏어 주걱이루 데지근헌 거 같으면 나수 뜨건 물 쳐 가머 자크르허게 물손 맞춰 짐 흠씬 올리면 갈보리밥 되여 먹구 쏙 헐 것두 읎지면 배가펴 한이니께

매이다 맷돌에다

저는 겨는

모다 모두

탑세기 작고 가벼운 부스러기

까불르구 키에 담아 키 끝을 위아래로 흔들어 안에 든 쭉정이나 검불 따위를 바람에 날리고

통삼 충청남도 서산시 부석면 마룡리 4반에 있는 샘

나수 조금 더

짐 김

이겨서 빨어서 널어서 풀헤서

한번인 빨레 빨어 광목 미영 초마 풀 쒀 헤놓으니께 워디는 죽구 워디는 빳빳허구 넘대지 뭇허구 두손매무리라 그렇다구 꼬무락손 둬서 이렇다구 홀랑 오즘독이다 늫구 소시랑이루다 디적디적 건져 내놓더라니께 지른내가 뚝뚝 떨어지넌 그늠을 통삼이 가 처덕처덕 이겨서 빨어서 널어서 풀헤서 헤 주구…… 열일굽 살 먹어 시집오너 각각 산다구 말만 각각이지 할머니는 한 달 설흔 날 콩 심궈라 팥 심궈라 가이 베룩 씹듯 용용그리구 시누덜두 오먼 죄 우리 집이루 데꾸 오너

미영 솜을 자아 만든 실로 짠 천

초마 치마

넘대지 다른 사람과 같이

꼬무락손 손가락이 짤막한 작은 손

소시랑이루다 쇠스랑으로

용용그리구 무엇이 못마땅하여 자꾸 자질구레한 말을 늘어놓으며 사람을 못살게 굴고

이구 들구 여까정 내오라더냐구

아이덜 아버지가 자짝이 용뭇 어서리 간사지 끄틈박지 거서 논 허넌디 논 갈러 갔으니 기냥 말 수 있나 그때두 빙주가리였어 두러눴다 갱신히 옆이루 일어나 갈밥 헤서 수이죽 쒀서 하나 소락지다 퍼 담구 거다 즘슨 광주리를 올리구 이우지 오메보러 여 달라 헤서 똥아리 받쳐 이구 주전자는 바루손이 들구 진구지 어덕쟁이 쓰릿쓰릿 외여디디며 앉어 뭉개며 에여손 짚어가며 죽어라 네려가니 먼발치서 올리꿰구 보자마자 누가 이구 들구 여까정 내오라더냐구 워쩌면 그리 지천허넌지

용못 충청남도 서산시 부석면 창리에 있는 연못

끄틈박지 끝이 되는 곳

빙주가리 온갖 병이 많은 사람을 빗대어 이르는 말

갈밥 갈보리밥

하나 가득

똥아리 짐을 머리에 일 때 머리에 받치려고 고리 꼴로 만든 물건

진구지 산 모습이 길게 생긴 곳

지천 아랫사람이 한 잘못을 꾸짖는 말

슥 섬이서 두 섬을 둔사서

기맥혀 이루 말헐 수 읎다니께 월마나 욕심 많구 뚝박새던지 다랑가지 한 구석지 나먼 베 슥 섬이서 한 섬 냉기구 두 섬을 둔사서 샀어 워니 가문해 밤이 물 푸러 가자길래 따러갔더니 깍데기가 새카마니 막 군시러 죽겄넌디 잇긋두 않여 아버지는 두레질 뭇헌다 잡을손이 뜨다 냅다 팽개치더니 간사지루 가 봐나서 암마뚜 않구 그러니 깡깜헌 그뭄이 즈수지 갓짝이루다 여까장 거디치구선 점벙첨벙 집이 오넌디 깨딱허다 거서 죽을 뻔혔어 깐난쟁이 젓멕이가 어룽대지 않었으면

다랑가지 산골짜기 비탈진 곳 따위에 있는 작은 논배미

둔사서 팔아 돈을 받아서

깍데기 크기가 작은 모기

군시러 벌레 따위가 살갗에 붙어 기어가는 듯한 느낌이 있어

잇긋두 않여 다른 사람이 하는 말짓을 쳐다보지도 않아

뷂나서 부아가 나서

암마뚜 아무 말도

갓짝 둘레나 가장자리

이끔 사람덜이야 맨날 뗑그렁이지

지끔두 아이덜 키기가 각다분헌 생각헤봐 이전이 빨레허구 밭매구 바룻빠룻 물 져 날르지 매이다 보리 갈어 갈밥 허야지 밀국 허야지 끔찌거니 옹지게 살었넌디 아이그 이전 생각허면 이끔 사람덜이야 맨날 뗑그렁이지 시상이 그러군 밤이나 읎간 주낫두 넘덜이 삼백 가락 놓으면 아버지는 꼭 육백 가락 놓구 후답 뭇허면 노다지 데꾸 댕기구 이짝저짝이 물 한장벌 닳더락 잇갑 께구 들오면 으진 새벽 되여 호택 오메는 아이 줆어지구서 이불 개 놓은 늠 네려놓구선 거가 엎어져 자

밀국 밀가루를 반죽하여 방망이로 얇게 민 다음 칼로 가늘게 썰어서 만든 국수

옹지게 살림살이 꼴이 넉넉하지 못하여 살아가는 데 몹시 어렵게

시상이 생각하지 못한 일이 벌어져 놀랐을 때 하는 말

주낙 긴 낚싯줄에 낚시를 여러 개 달아 물고기를 잡는 연장

한장벌 넓은 갯벌

잇갑 낚시 끝에 꿰는 물고기 먹이

으진 어떤 밑가늠에 얼추 가깝게

피 흘리넌 늠을 동 만헌 늠을

유난 그러구 클 적버텀 뭣헸어 핵교 갈라먼 둔 달라넌 것두 으레 책보 지구 서서 부득부득 졸르구 맨날 목구녕 그륵그리구 빙원이 댕기구 아녀 번이루 더 짰어 말시피구 원제는 광이다가 께달어맨 마눌 빼갖구 으름과자 장사 돌어댕기니께 사 먹으러 갔다가 지끔 태앵이네 저기 어덕배기 다람박질허다 어푸러져 살파습 쪽 째져 철철 피 흘리넌 늠을 동 만헌 늠을 내라 짊어지구 강당리 가 꼬매구 그러구 집이 오니께 아버지가 막 쫓어나오너 메붙이는 소리루다 쥐어지르듯 두치질허니

동 굵게 묶어서 한 덩이로 만든 묶음

뷘이루 흔히 볼 수 있는 모습과는 다른 데가 있게

말시피구 말썽을 부려 같은 말을 되풀이하게 하고

다람박질 매우 빠르게 뛰어서 달려가는 짓

살파슴 살

내라 내가

고여니 듣구 여짓여짓 돌어스자니

사월 초팔일 놀럴랑사리 큰아덜이 고등핵교 나와 둔 불어서
오머니 아버지 바람 쐬구 오시라구 둔을 그때 둔 십오만 원인가
월마를 줬어 아버지는 그늠이루 뎁세 끈 잡어서 새양을 놨넌디
구월 초하룻날 둥네 초상나서 새양 뭇 따지 눈은 펵펵 쏱어지지
야중이 굴이다 느니 옴팡 썩었네 독독 펴내뜨리구 이랴 쩌쩌쩌
헷가림 소리에 나가 봤더니 다 찢어진 신짝 찍찍 끌머 보십구지
굴 타머 허넌 소리가 에이 이럭허구서 부자 뭇 되먼 워칙헌다나
마당가뗑이서 고여니 듣구 여짓여짓 돌어스자니

놀럴랑사리 놀기는커녕

새양 생강

야중이 나중에

옴팡 남김없이 모조리

헷가림 소를 모는 외침 소리

보십구지 보습처럼 삐죽하게 생긴 논밭 한구석

보리 싹 나지 밀은 탕 나지

밤나 그러구 댕이니 밭골망은 짓어 헹펜읎지 넘볼썽 사납지 워쩔 겨 아이 쥚어지구 글밭 매다 들오너 밥 챙겨주먼 아버지는 즘슨 먹구 말레가 두러눴어 븜마냥 멀뚱멀뚱 그러구선 똑같이 나가자구만 허지 밥상을 내다줘 뭐 맘대루 살림을 허게 헤줘 애덜은 또 워쩌자구 싯이나 오월이 낳아가지군 보리 싹 나지 밀은 탕 나지 눈만 뜨먼 헤쳐 말리지 채덮지 그 부산을 폈넌지 이끔 생각허먼 당길제 웨 한 사발쓱 뭇 먹구 발발발 조리차먼서 올리뛰구 네리뛰구 옴팡지게 살었넌지 물러

탕 장마 때 축축한 곳에 생기는 곰팡이

밤나 밤과 낮을 가리지 않고 늘

짓어 풀이 많이 나서

글밭 밀이나 보리를 베어내고 다른 먹을거리를 심은 밭을 말하는데, 흔히 콩을 심어서 '콩밭'을 글밭이라 함

발발발 돈과 같은 값나가는 물건 따위를 몹시 아끼는 꼴

조리차면서 알뜰하게 아껴 쓰면서

우리가 그랬듯이

젊은 엄마들은 아이들 건강 무장무장 신경 쓰는 소리 하드라
무공해 친환경이라면 얼싸둥둥 좋아하고 우리 때는 그런 생각
못 했는데 과자도 아무거나 못 사 먹게 하고 손끝이 거름이래나
그러면서 자기가 일일이 만들어 먹인다는 애 엄마도 있다드라
아래층에 누구누구 사는지 몰라도 즤네 애랑 다니는 애들이랑
무슨무슨 학원은 몽땅 꿰고 있다는 느낌 아무튼 그런 게 있어
우리 때보다 뭐라고 할까 실없는 부처 손이라고 해야 맞을까
아랫길도 못 가고 윗길도 못 가겠네 히물쩍 웃어야 좋을까

이런 건 있어 엄마들이 애동대동하지만 똑 부러진다는 느낌
자기 맘 자기 생각을 언제 어디서든 톡 까놓고 얘기하는 거
뭐 어른들이 보기에는 가릴 중 물른다 숙알머리 없다 하겠지만
들어보면 딱히 틀린 말은 아니거든 우리 같으면 아수 보기보다
에미 되기가 더 어렵다느니 벌기보다 씀씀이가 늘 문제라느니
이런 소리 하면 싫어도 진드근히 듣는데 납작납작 뒤받으니까
갖고 싶은 물건은 지딱지딱 사자식이고 어쩌겠어 칙살맞아도
강산이 바뀌고 나면 애젊은 엄마들이 앉아 옛말 꽤나 하겠지

무장무장 갈수록 더 많이

애동대동하지만 매우 앳되고 젊지만

숙알머리 마음이나 속생각을 낮잡아 이르는 말

아수 아우

드팀새

저 사람은 열심히 돈 벌어 강아지를 샀고 귀여워 죽겠다는데
보는 사람들이 왜 싫어하는지 모르겠어 강아지랑 함께 지내니
외롭진 않겠구나 생각하면 짠하잖아 아이나 개나 다르지 않아
엄마 아빠가 아이한테 떠먹이고 입혀 쉬는 날 공원이나 어디
앞서거니 뒤서거니 뛰어놀며 보내듯 개한테 그러는 사람 많어
개를 식구라 여기고 행복을 느끼며 사는 즐거움을 되찾으려는
그걸 먹고살기 힘든 시절에 개새끼한테 돈을 처바른다 사람이
개만도 못하냐 개 팔자가 상팔자네 따지고 드니 할 말은 없지만
아들 바보 딸 바보나 개 바보나 도낀개낀 사람이 먼저다 하면서
이런 세상에 이웃을 돌아보라고 사람에게 손가락질할 수 있나
애든 개든 무엇이든 한살이 싸워야 할 맞것은 살길을 가로막는
목숨앗이뿐인데 설운 숨탄것끼리 서로끔 기대지는 못할망정
대고 꼴뚜기질이니 날이 가고 해가 지날수록 새가 뜨지 않을까
딩금딩금 위아랫물지지 않을까 가으내 시름도이 바라볼밖에

맞것 어떤 일을 할 때 마주하는 것

서로끔 서로서로 저마다

꼴뚜기질 다른 사람을 몹시 깔보며 가운뎃손가락을 펴고 다른 손가락은 모두 접은 채 남에게 내미는 짓

딩금딩금 서로 거리가 촘촘하지 않고 떨어져 있는 꼴을 나타내는 말

이것 즘 봐

어이그 그러니 나 즘 봐 눈 밝은 것 즘 봐 저짝 밭 가생이다 창패를 이망큼 갈어 놨더니 태앵 오메가 성님 부루는 뭐덜라구 여다 숱허게 갈었슈 야 꽤 갈었어 이거 부룬디 요 오너 보유 가서 보니께 잎새기가 요렇게 피는 거 보니께 부루여 그런밴 그러끼 부루씬가봐 그러니께 누가 부루려니 생각했겄어 간해 부루를 갈을라구 암만 챙어두 읎더니 요렇게는 되여 요망큼을 냉장고이 느놨었나봐 열어보니께 꽤여 납작납작허니 꼭 꽤여 씨앗은 그늠이 그늠이여 복숭아씨나 살구씨나 눈이 어두니께 그래두 좀 개법긴 허거든 얼러리 이상허다 쭉어서 그런 게다 그러끼 꽤가 죽은 디 져서 그런 게다 그렜지 그렜더니 시상이 부루씨였나봐 어이그 나 즘 봐 눈 밝은 것 즘 봐 그러니 인저 워칙허먼 좋아 그레놓구선 월마나 숙 터지던지 태앵 오메라 꽤 한 수깔 떠다 줘서 모새이다 섞어 사알살 빼 놓구 들어왔넌디 먼처 갈어 놓은 늠 다 난 다음이 긁어내구 갈었으면 좋으련만 을미게 기냥 다복다보기 난 우이다 굴 치구 또 갈었네 그렜더니 콩너물차람 덩어리지게 올러와선 어제 늦더락 뻡었어 어이그 나는 뭇 살어 사철 굼피구 두벌일허니 오죽이나 애상이 받쳐

부루 상추

그러끼 지난해 바로 앞 해

간해 지난해

져서 빈 자리를 채워서

모새 모래

을미게 말짓이 똑똑하지 못하고 어리석어 보이는 데가 있게

굼피구 미련한 짓을 하고

애상이 속이 언짢아지거나 성이 나서 몹시 안달하고 애가 타는 일. 또는 그런 마음

그러군 허르르 들오니 인준 아베가 즌화 안 받구 뭐더너라구 그러느냐구 헤서 창꽤를 뵜더니 그렇다구 헸더니 뭐더러 그건 허느라구 상추 나먼 상추 먹구 꽤 나먼 꽤 먹구 그러먼 되지 그럭허다 돌어앉다 삐끗허머는 워칙헐라구 이러느냐구 지발 덕분이 뭣 점 심을 생각 점 말라구 월마나 꼬약그리넌지 어이그나 즘 봐 자슥덜이 극정허게 점더락 시절피구 앉었으니 이전이 아이덜 키먼서 월마나 애먹었을지 생각 즘 헤봐 대섹이 당숙이 오죽허야 아무개네 이불은 똥국이라구 골렸겄어 그땐 그렜어 이런 자리 틈새기가 똥이 꼈어두 물르니 눈이 안 뵈니 워칙여 이 눈구녕이루 늿을 키느라 찔찔히 고상헸넌디 숙침 대다가두 아이덜이 용케 잘 컸어 그 숙이서 우이 붓듯 가지 붓듯 오지게 인저는 넘붉지 않게 살구 요샌 흐택 오메가 원첸 잘혀 내게다 이것두 사 주구 저것두 챙겨주구 맛난 건 다 맨들어다 멕이구 아츰결이두 집이 왔길래 그렜다니께 이것 즘 봐 창꽤를 간다구 부루 갈어 놓구 잘 난다구 좋아라 헸넌디 내원 벨꼴 다 보지 창꽤가 아니구 부루니 연태 이러구 살었으니 오죽 심들었겄어 구적구적허다 걸려 넘어지게 생겼다 고만 즘 숭봐 웃었다니께

꼬약그리넌지 소리를 크게 지르는지

시절피구 바보짓을 하고

찔찔히 매우 힘들게

숙침 겉으로 드러나지 아니한 속마음

넘붊지 남부럽지

내원 어이없거나 딱할 때 투덜거리는 말버릇으로 하는 말

구적구적허다 더럽고 지저분하다

토끼 숲에서

아빠가 스물여섯 살 적
책상을 탁 치니
억 하고 죽었노라던
낮에 난 청도깨비 같은 놈이

물대포를 쏘고
그냥 숨졌다고 궁따는 숲에는
뿔난 토끼들이 산다

자랑스러운 딸아
다 자란 고목 구새통 밑에서
귀를 재거나
꽃발을 좇으려 마라

오금드리 풍긴 그림자
쉰 흔적이 없고
소문난 토끼는 다리가 없단다

구새통 속이 썩어서 구멍이 생긴 통나무

꽃발 짐승이 잠잘 곳이나 숨을 곳을 찾아갈 때 다른 짐승이나 사람에게 들키지 아니하려고 길을 빙빙 둘러서 가는 일

오금드리 오금까지 이를 만큼 자란 풀이나 나무

쉰여섯 뒷등성이

장 보러가는 안해 따라나서며
모자 쓰고 오줌 누고
따스한 밥통 옆에서 열쇠는 찾았는데
차가 어딨는지 한참 애먹고
긴 상여차를 보내고 들어오는 길
두레들이 멈춰설 적마다 잔방귀는 참았지만
먼데 앉아 있다 점심 먹자는 부름에
물을 내리지 않고 기냥 나온다

여직 함께한 발허리 무종아리
무릎도리 쉰다리 애만지는 몸얼굴
아직이거든, 멎주는 소리에
찬밥 데우려 꿈지럭거리는 아침
삭은이빨 쑤시다 부러진 이쑤시개 내번지듯
저마직 철 그른 매미 소리 허우룩한데
이나저나 죄다 맞갖잖아
건건엇구뜰한 께꾹지 불에 올린다

안해 시집가서 사내와 짝이 된 여자

두레틀 사람이나 물건을 아래위로 나르는 틀

멎주는 퉁명스럽게 말을 하여 창피를 주는

건건엇구뜰한 맛이 조금 짜면서 구수하여 먹을 만한

께꾹지 게장 간장과 갖은양념으로 버무린 배추에 꽃게를 잘라 넣어 담가 놓았다가 국물을 약간 붓고 끓여서 먹는 김치

백꼬산 어둠별

—장무상망長毋相忘

너무나 애쓰셨다
편히 쉬시라 썰룩거리지 말자
한나절 홈치작훔치적 우는 눈물단지 앞에서
먹잠 자는 에믜가 있으랴
덜더디 덧기운 종종길 발그림자
밭골 깊이 들어섰으니
조각하늘 까마아득히 올려다보지 말자

고금아꽃 피듯 알게 모르게 저들한테서 풀려났을 뿐

이제는 돌아가셨다
보고 싶다 새퉁빠지게 말하지 말자
백꼬산 풀머리 어둠별 뜨면
진동한동 도댕겨오던 우리 옴마가 아니더냐
가슴골 물룩 울려드는
부엉귀뚜라미 발 시린 서릿가을
쭈그렁밤송이 눈불을 못내 돌아다보자

백꼬산 충청남도 태안군에 있는 산

먹잠 깊이 든 잠

덛더디 한결같이

도댕겨오던 갔다가 머무를 사이 없이 빨리 돌아오던

물룩 생각이나 느낌 따위가 갑자기 떠오르는 꼴

얼러리껄러리

고향집 홰에 오른
멱부리 암탉
여봐란 듯 목깃 세우고
살웃음 고양이소
얼씨구 알이알이 짝짜꿍이

호요바람 촛불바람
새빨간 구린내
집구석 눈구석 쌍가래톳 서는데
오나가나 홍도깨비소리
내생기는 뒤울안

오래오래 냐냐
콩바가지 앞세운 어금니노릇
쑥문 문고리 붙잡고
꼴딱 저물손
지화자 둬둬둬 매화타령

호요바람 한숨을 쉴 때 입에서 나오는 바람

홍도깨비소리 들을 것이 전혀 없고 얼토당토않은 터무니없는 이야기

콩바가지 콩을 담은 바가지

쑥문 자기 집을 낮추어 이르는 말

겨울

호맹이 내리막길 무엇을 뒤로하고 구나그루 저무는가

꽃은 웃어도 소리가 없고 새는 울어도 눈물이 없다

해님이 보채는 손알리 들자마자
송금이 되지 않는다네
다런 계좌 번호 알려 달래
속 좋은 사람처럼 살님네가 웃는다
먼산 노루막이 아스라이
귀꿈스러운 호맹이 내리막길
무엇을 뒤로하고 구나그루 저무는가
큰아이는 대학 4학년
작은아인 고등학교 졸업반
여기 만 원짜리 가지구 가 만들어요
먼지안개 콤콤한 아침
거울 앞 세종대왕을 곱접으며
큰길 건너 유리문 밀친다
새 통장을 주머니에 넣고 쑤걱수걱
헤벌씸 신턱을 오르니
책상 위 알림 글자가 늘킨다
011에서 010으로 바뀌었습니다

손알리 손전화

호맹이 산등성이에서 골짜기로 골이 깊고 길게 팬 땅

구나그루 모르는 사이에 조금씩 조금씩 느리게

헤벌씸 입이 헤벌어져 벌쭉한 꼴

신턱 드나드는 문 앞에 신발을 벗어 놓는 자리보다 조금 높은 곳

우리가 하늘이다

저는 할락궁 추설 도치도 밤낮 불켠당 앉은 장원도 아니고
쉬 깔기듯 얼굴도장 찍으러 다니는 안다니 똥파리도 아닙니다
그저 저녁 한 사발 얻어먹고 간들건들 배질하다 밤새 잠들면
아침 먹어 소리 질러야 하품이나 하며 똥 누러 갈 위인인데요
늦점심 먹고 앉아 팟짱을 보다 보자 보자 하니 배알이 뒤틀려
꿈에 떡 같은 말추렴이나마 들까 하고 엉거주춤 나왔습니다
여러분, 토요일마다 촛불 들고 하야하라 하야하라 외치던데
하야하라니 무슨 말인가요 관직에서 물러나 시골로 내려가라
쓸모없다는 말 아닌가요 한번 처지를 바꿔 생각해보십시오
여러분이 시골에서 산다면 이런 얘길 듣고 기분 좋겠습니까
아니 할 말로 시골이 무슨 쓰레기나 모아 놓는 버림터입니까
아닙니다 저분이 갈 곳은 따로 있습니다 어딥니까 맞습니다
다만 혼자 보낼 수 없는 분입니다 이날 입때껏 보지 않았나요
비옷에 달린 모자 하나 손수 뒤쳐쓰지 못하고 팔밀이하던데
어느 천년에 하야하야 하야 우리 곁을 떠나라 노래하십니까
더는 앉아 뭉개지 말고 다 같이 일어납시다 춥고 캄캄한 겨울밤
불을 밝히고 가시는 길 모셔다드려야 도리가 아니겠습니까

할락궁 살터를 사람답게 살 수 있도록 온몸으로 일구는 사람

도치 영화 <군도>에서 나오는 사람

불켠당 어두운 누리를 밝혀 새 누리를 열어보겠다는 뜻으로 낮에도 횃불을 들고 다니던 무리

뒤쳐쓰지 머리까지 뒤집어쓰지

아무리 곱새겨 봐도 우리 대통령님은 잘못한 일이 없습니다
잘못을 저질렀다면 주리팅이 없이 저리 뻗장댈 수 있겠습니까
늘 그랬듯이 내 떡 나 먹었거니 하고 입을 씻고 주무실 뿐이지요
안 봐도 뻔할 뻔 자 아닙니까 잘나 빠진 뉴스룸 보지 맙시다
종편 주제에 광고나 따내고 소비 활성화에 기여했으면 됐지
확인할 수 없는 사실을 무책임하게 알려 국격을 떨어뜨리고
국민을 열통 터지게 만든 저들이야말로 잡아가야 마땅합니다
사드를 들여도 불안한 이 마당에 지소미아까지 늦춰졌다면
국가를 위험에 빠뜨린 책임 누가 집니까 이러시면 안 됩니다
304명은 헐수할수없고 대통령 근무시간은 사생활이라 하니
마취제든 뭐든 일곱 시간 어디서 뭘 했든 진실을 묻지 맙시다
시험 기간인데 학원을 빼먹고 너른마당에 모여 학교 시험에
나오지 않는 문제를 민주공화국을 어쩌고저쩌고 나불대는
학생들 입을 보십시오 새 역사 교과서를 펼친 손을 보십시오
이런 꼴이야말로 놀랄 노 자 아닙니까 여북하면 내가 이러려고
대통령을 했나 자괴감이 든다는데 잠이 보약이라는데 선뜻
일어나 길게 누울 자리 봐 드려야 두루두루 빛접지 않겠습니까

주리팅이 부끄러움을 아는 마음

여북하면 생각보다 매우 지나치거나 얼마나 좋지 않으면

내가 이러려고…… 했나 2016년 11월 4일 박근혜 대통령이 한 말 가운데

고향 집에 돌아와 웃다 웃다 연속극 보다 잠든 분을 구속하라 구속하라 백만이 한목소리로 떼쓰는데 허울 좋은 도둑놈들 영애님을 내쫓고 나면 뭘 하실 겁니까 말씀해 보세요 언제나 그렇듯 다 가도 문턱 못 넘기 아닙니까 지금도 대통령께서는 태극기 성조기와 함께 자유롭고 정의로운 나라를 걱정하며 창조 경제 국민 행복 따위 눈뜨고 앉아 꿈꾸고 발장구 치다 민주화 세계화 제노라 하시던 대통령 분네도 옴짝달싹 못한 케케묵은 동서 화합쯤이야 받은 밥상 걷어찼더니 자연뽕이고 줌앞줌뒤라 그렇지 통일 대박 까짓것 엿죽방망이라 보는데 그리 생각지 않습니까 하야하라 퇴진하라 팔뚝질하지 말고 죽어라 외칩시다 하야 반대 퇴진 반대 고드래뽕 아닌가요 퉁어리적게 뽑고 되잡아 홍 찍자 붙는 짓둥이 작작 하시지요 홍판서를 아버지라 부르지 못하던 조선 대통령을 어머니라 부를 수 없는 헬조선 게나예나 젠장 서원이 말어먹었답니다 정말 그렇습니까 이게 다였습니까 빌어먹을 나라가 뭡니까 자랑스러운 흙수저 여러분 저 동학년 조각하늘 벗갤 때까지 어화넘차 한바탕 놀다 갑시다 우리가 하늘이다 우리는 멋지다

자연뽕 저절로 됨을 입말스럽게 이르는 말

줌앞줌뒤 미리 어림잡아 헤아렸으나 어긋나 맞지 않는 일을 빗대어 이르는 말

고드래뽕 하던 일이 다 끝남을 입말스럽게 이르는 말

씨받을 종자

으등그린 웃날
첫눈맞이 인사말을 올려도
본숭만숭 그만이다

그러께까지는
낮때가 멀다 하고 불풍나게
딸꼭 말대꾸하며
신소리깨나 올리더니

애나 어른이나
시월 그믐치 겉날씨 따위에
통 먼눈팔지 않는다

요즘 사람들은
외할미 떡도 커야 사 먹고
달다 쓰다 말없이
볼만장만 팔짱을 낀다

으등그린 춥거나 하여 조금 움츠린

웃날 흐렸을 때 날씨를 이르는 말

낮때 한낮을 앞뒤로 한 한동안

그믐치 음력 그믐께에 비나 눈이 내림. 또는 그 비나 눈

어떻게 하면 좋다니

우리 엄마도 툭하면 그래 애들하고는 못 살겠다 이제 느네 옆으로 가야겠다 방을 하나 얻고 싶은데 어떻게 하면 좋다니 맨날 앓는 소리 죽는소리야 해마다 두세 차례 그래 지난번에는 듣자 듣자 하다 보니 진짜 안 되겠다 걔들하고는 인제 마침표를 찍었구나 싶어서 여기저기 다녀보고 아는 언니한테 물어보고 어찌어찌 가까스로 잡아 놨는데 어느 날 내둥 잘 드시던 밥을 속이 이상하다 아무래도 안 되겠다 아침내 콧등이 부어 있더니 도루 올라가시데 동생댁도 애들 다 컸어 하나 아쉬울 게 없고 어림새 모르고 자랐는지 인사 알고 똥 싸는지 말을 않고 지냈어 곪아 터질 때도 됐잖아 그래 내려왔는데 딸네 보기 안쓰럽지 오면가면 정겨이 지내는 이웃 할머니도 없지 오죽 까깝했겠어 모아 놓은 돈으로 병원이나 가차이 어디 방을 얻었으면 하는데 문제는 생활비잖아 집이서 나오면 다달이 용돈이나 보내 줄까 아무리 생각해도 주니가 나나봐 진작에 혼자 살았으면 몰라도 팔순이 넘으니까 속 각각 말 각각 이랬다저랬다 하는 걸 보면 엄마 그러지 말고 아주 내려와 어떻게든 여기서 마련해 볼게 전화할까 하다 못 했어 일 년 열 달 사는 일이 맘 같지 않어

내둥 말하는 바로 이때에 이르기까지 내내

어림새 다른 사람을 조심스럽게 여기거나 어려워하는 얼굴빛

주니 어떤 일을 해낼 수 있다고 스스로 굳게 믿지 못하여 두렵거나 망설이는 마음

대설주의보
—변산 휴양림에서

우리 신랑은 그저 그만인데 옷을 사다주면 뭐라 뭐라 해요
어디 가려면 자리에 맞춰 입어야는데 있는 옷을 왜 또 샀느냐
따지고 들어요 옆에서 볼 때는 유행도 그렇지만 동창 모임이든
친척 앞에서든 처져 보이지 않게 옷거리가 좋았으면 싶거든요
일 년 내내 햇볕에서 일하니 그럴수록 좀 말쑥하게 입어야는데
아이들 앞에서 데퉁맞게 싸우려 든다니까요 그렇다고 자식들
옷만 살 수는 없잖아요 이 사람 얼굴이 내 얼굴이라 생각하고
바지 하나 신발 하나 기왕이면 어디 나가면 누구네 댁 그러니까
보임새가 깎이지 않게 하려고 신경을 쓰는데 비싼 옷 사 입는
것도 아닌데 늘 마뜩찮게 여기니 속상해요 욕심일까요 자기는
땔나무꾼같이 다니면서 각시는 잘 입기를 바라는 사람이 어째
같이 사는 사람 맘을 몰라줄까요 서로 이해하고 살면 좋잖아요
아내 말이 틀린 것도 아닐 텐데 나이 들수록 옆자리를 그느르고
위아래 어련무던하게 앞을 잘 닦아야 나이대접 받지 않겠어요
사람은 옷이 날개인데 장독보다 장맛이 좋아야 한다며 저러니
어쩜 그리 친구들이 똑같을까 닮아도 뚱딴지같이 닮았다니까
건넛고을 소나무 잣나무처럼 내내 볼품없이 늙고 싶냐고요

데퉁맞게 말짓이 거칠고 미련한 데가 있게

땔나무꾼 무엇을 차지하거나 누리고자 하는 못된 생각이 없고 꾸밀 줄 모르는 사람을 낮잡아 이르는 말

그느르고 돌보아 보살펴 주거나 잘못을 덮어주고

고드름 2

이런 빌어먹을 즤 새끼 구여워 않넌 대갈빡 꺼먼 짐성 있나
에됭이다 심퉁했다 피에 울구 저런댜 가세야 쓸 탓이지 나원
저녁 일곱 시버텀 열두 시간 숱헌 일을 도맡다니 워냥 뭇됐구먼
100만이 넘는 빈주먹들 약 올려두 분수가 있지 가이나걸이나
진상 규명 책임자 츠벌 까그매 위턱 떨어질 소리허구 자빠졌네
너두나두 황금뒤야지해 밝었다 야호 했으니 짜짯이 따져보까
고장난 손전등 내비리면 그만이구 컵라면 싯 홈런볼 한 봉자
보살님은 저리 가시라니께 심센 사램이야 안민도니 세종 워디
논밭 산지락 불쑥 너믜 집 짓구 둔 많은 손님 사랑허다 사랑허다
천당 간다니 자그매 믿을 수백이 쐈다 벗었다 들피진 양심알라
탈탈 털어 갈라 여으내 문을 닫구 사니 배깥날이 더운지 추운지
두밤중인가 본디 암체먼 늬덜이 뎌지더락 헤야지 개덜이 호딘
몬지 구더리에 날 잡아 잡수 므가지를 디밀게 생겼다 발전소를
세우먼 아 둔이 월만디 돌어갈 때 돌리야지 멍애 쓴 일소차람
수긋헌 국민 압피서 워따 대구 애꾸지다 대한민국을 즈주헌다
건방 신퉁터지게 냅뜨먼 쓰나 슨거철 그니가 헌 말 딜이 늦잡쐐
지지율이 반 토막 나먼 나가너부러지넌 수가 있대두 저 지랄여

에뙹이다 하나뿐인 아이다

심퉁했다 말짓을 추어줄 만큼 흐뭇하고 자랑스러웠다

가세 가위

나원 어이없거나 딱할 때 투덜거리는 말버릇으로 하는 말

봉자 무엇을 넣을 수 있게 만든 주머니

자그매 조금 작은 듯하게

여으내 여름 한 철 내내

호딘 거짓됨이 없이 참으로

구더리 구덩이

애꾸지다 아무런 잘못 없이 꾸중을 들어 답답하고 섭섭하다

신퉁터지게 말짓이 지나치게 주제넘게

딜이 세차게 마구

끕끕수

상고머리 열일곱부터 스무남은 해 바둑을 뒀다
우주니 조화니 인생을 닮았다느니
귀에 싹이 났지만 죽은 말이 사는 패가 더 멋졌다
풋바둑 주제에 큰눈사태를 흉내 내고
하늘이 별을 두듯 바둑을 두는 사람, 입발림 덕분에
수자리 나날 그럭저럭 굼때울 수 있었다
동짓달 스무하루 햇덧은 돼지꼬리보다 짤따랗고
서슴서슴 길바닥에 나앉은 성탄절
하나 둘 밥자리를 찾아 기웃끼웃이 뒷걸음질하는 IMF
죄스러운 아비 노두 놓듯 다릿돌을 놓았다
쌈지뜨고 살지 말고 죽은 돌을 키우지 말라는데
윷진아비답게 바득빠득 버텨야 했을까
길이 보이지 않을 때가 손부끄러이 돌을 거둘 때인가
초읽기에 몰리자 끕끕수가 보였다
떠돌이새도 새끼를 키울 둥지가 있건만
집 없이 쫓기고 한 수 모자라는 살피싸움에 지쳤다
장군대지 부헝우헝 우는 새 천 년 한밤이었다

하늘이 별을…… 사람 1983년 서정주 시인이 조치훈 기사에게 쓴 시 가운데

굼때울 맞닥뜨린 자리를 벗어나기 위하여 얼렁뚱땅 둘러맞추거나 겪어 낼

욱진아비 이기거나 앞서려고 서로 다투거나 내기를 할 때 자꾸 지면서도 다시 하자고 달려드는 사람을 빗대어 이르는 말

장군대지 충청남도 태안군 백화산 북쪽 투구봉 기슭에 있는 묏자리

개만도 못한 인사

녹두야 연두야 간밤 잘 잤니
문 열며 반가이 불러 봤자
아옹야옹 알은체는새루
구살머리쩍은 듯 꿈쩍도 않는다
여러 해 마주치며 살았건만
끙 묵직한 유리창 밀어젖힌 다음
아침 두거리 채워 놓고
낮참거리 한 자밤 집어주고
위잉 윙 요기조기 청소기를 디민다
똥오줌 덩이 엉거주춤히 파내
몽땅 넣고 물을 내린다
이 집 안팎은 가물치 콧구멍이든
천리향 혼자 톡톡 볼가지든
사람들은 고양이랑 살고
요새 괭이는 강아지랑 노는데
개만도 못한 인사라는지
잘잘 손짓해야 하품을 한다

는새루 '는커녕'을 입말스럽게 이르는 말

두거리 고양이 밥그릇

자밤 손가락을 모아서 그 끝으로 집을 만한 만큼을 세는 낱덩이

안팎 가시버시

가물치 콧구멍 알림이 도무지 없음을 빗대어 이르는 말

늦둥이 아버지

마흔에 둔 작은딸 도담도담 낫자라 마당 넓은 배움터 간다고
알음알이 모다 한목소리로 장하다 펼침막 내걸고 추어올리고
모듬살이 맞문한 얼굴들 시울나붓이 믄드림잔 채우며 취꽃술
비우며 좋으시겠네 애썼네요 하하하는데 기꺼운데

마은에 은은 큰아덜 고등핵교 대핵교 줄줄이 미역국을 먹군
백꼬산 바데기 김민기 pink floyd 허위단심 훔척거릴 적 슬밑
대목장 원산듸 박 이장이 받어주는 탁배기 곱빼기 게트름허며
논틀밭틀길 자늑자늑 걸어온 해결음 우리 아버지

모듬살이 사람들이 어울려서 서로 도우며 사는 일

시울나붓이 그릇 따위의 가장자리에 겨우 찰 만큼

믄드림잔 집에 찾아온 사람에게 마실 것을 주는 잔

바데기 충청남도 태안군 소원면 파도리

슬밑 한 해가 끝날 무렵

원산듸 충청남도 태안군 산후리 1구

게트름 트림

누운갯버들 물 오르는 소리

안해는 큰애 작은애 손잡고 삼개나루 건너
봄살이 장만한다 해름에 나가고
원효대사 손바로 얼레달방에 촛대처럼 꼿꼿이 고초앉아
한 꼬집에 끄집어낸 『사슴』 자곡자곡이 넘긴다

황토 마루 수무나무에 얼럭궁덜럭궁 색동헝겊 뜯개조박 뵈짜배기 걸리고 오쟁이 끼애리 달리고 소[疎] 삼은 엄신 같은 딥세기도 열린 국수당고개를 몇 번이고 튀튀 침을 뱉고 (아니) 춤을 뱉고 딥세기도 열린 국수당고개를 (아닌데) 몇 번이고 튀튀 춤을 뱉고 넘어가면 골 안에 아늑히 묵은 영동이 무겁기도 할 집이 한 채 안기었는데

늦은 동자를 밥솥에 맡긴 채
한 손 접은 빨랫대 엇비슥이 기대어 쉬는 참
찬광은 고롱고롱 고코으며 고주박잠 들고
섣달이 석 달 못지않은 겨울밤 누운갯버들 물 오르는 소리
바름바름 듣보며 잔즛이 기들우노니

믈 물

얼레달방 반달 모습으로 생긴 작은 방

꼬집 엄지와 검지로 집을 만한 만큼을 세는 낱덩이

황토 마루…… 안기었는데 백석 시 「넘언집 범 같은 노큰마니」 가운데

고코으며 코를 골며

바름바름 조금 벌어진 틈으로 조심스레 살피거나 더듬는 꼴

환갑, 아직 멀었다

준저리콩 하나 집어내지 않은 늠이 오늘껏 지범지범 살았다

다시 살겠다 뒤를 다지지 말자 씨식잖은 입버릇 한참 멀었다

준저리콩 제대로 자라지 못한 데다 벌레까지 먹은 콩

씨식잖은 같잖고 되잖은

| 발문 |

외로운 길

유용주(시인)

인생은 두 갈래 길이 있다고 배웠다. 하나는 사람들이 많이 다니는 넓은 길이고, 또 하나는 사람들이 잘 다니지 않는 좁은 길이다. 좁은 길을 걷는 사람은 외롭다. 길을 내면서 길을 만든다. 그 사람이 김병섭이다. 김병섭은 서산에서 사귄 오랜 친구다. 친구가 세 개 있는데 하나는 유명한 소설가가 되었고, 하나는 어디 가서 무얼 하는지 모르고, 마지막 남은 녀석이 시인이 되었다. 그것도 시골에서 아무도 알아주지 않는 시를 쓰고 산다. 돈은 병원에 나가는 바깥양반이 벌어다 주는 눈치고, 가끔 아이들을 가르치는 훈장노릇도 하는 걸로 안다. 더군다나 그는 시장 봐오고 빨래하고 청소하는 틈틈이 자기 이름을 걸고 사전을 낸다. 서산·태안 말을 수집한다. 토박이말이다. 김병섭이 쳐 놓은 토박이말을 따라가다 보면 시 내용을 잊어버린다. 무슨 말을 했을까, 고개를 갸우뚱거리고 다시 읽어보면 금방 현장 말이 뒤따른다. 악순환의 고리다. 어떻게 읽을까. 그냥 막 읽으면 된다. 여러 번 되풀이해서 읽으면 된다. 소리 내어 읽으면 된다. 그러고도 안 들어오면 혈수할수없다.

암마뚜마는 일하는 사람들이 실제로 쓰는 말이다. 농사를 짓거나 현장에서 일하는 사람들이 밥 먹듯이 하는 말이다. 김병섭은 체질적으로 현장 일을 하는 사람들을 아낀다. 요즘 젊은 사람들은 소위 말하는 사투리를 안 쓴다. 예쁜 서울말을 쓴다. 누가 구닥다리 같은 토박이말을 쓰겠는가. 대학생활이나 취업에 하등 도움이 안 된다. 그러니 팔리겠는가. 애초에 돈 하고는 인연이 없다. 돈하고 문학하고는 상극이다. 돈을 따르면 문학이 없다. 삶이 어려우면 어려울수록 작품이 좋다. 이 아이러니를 어떻게 설명해야 하나. 그러니 포기는 일찍 하는 것이 편하다. 슬하의 아이들은 각자 생존이다. 다행히 아이들은 똑똑하고 명민하여 과외 돈이 안 들어간다. 그 흔한 선행학습 한 번 안 받고 명문학교에 쑥쑥 들어갔다. 둘 다 비주얼이 장난이 아니다. 보통 얼굴이 잘나면 머리는 그저 그렇잖아.

내 아이는 나를 쏙 빼 닮았다. 다른 건 별명이 북한아이였다. 빼빼 말랐다는 얘기다. 아이는 손목 힘이 없어 삼겹살집이나 곱돌 정식이 나오는 식당에서는 알바를 못한다. 사우나에서 수건을 나누어주거나 커피 전문점을 전전했다. 수학을 가장 못하는데 학원에서 수학선생 노릇을 했다. 모두가 돈 때문이었다. 옛날에 이런 일이 있었다. 친한 선생님 둘째아들을 법원 행정처 웨딩홀에서 장가보냈다. 어차피 축의금 내는 것, 딸아이한테 점심이나 먹으라고 했다. 공교롭게도 아이와 함께 로비에서 성형외과를 하는 선배를 만났다. 선배는 아이를 보자 농담을 했다. 견적 많이 나오것어, 언제 시간 나면 병원 한번 내원해서 아빠 얘기를 혀, 그러면 50% 깎아줄 팅게. 아이는 원래 앞트임, 뒤트임, 쌍까풀, 코를 높이는 수술까지 염두에 두고 있었다. 아빠는 미안한 마음에 돈을 들여서라도 감당을 해야지 하고 각오를 다지고 있는 중이었다. 그 뒤에 만난 아이는 아빠 절대 성형은 안 해. 나는 미안한 마음에 웃고 말았다. 평소 술과 담배에 찌든 나는 자식도 이렇게 평범하다. 공부가 취미였어요, 그런 생각을 가진 동료를 내 아이는 증오한다. 십 리에 한 걸음 오 리에 한 걸음 내 딸.

박경리는 『토지』 사전이 있고 이문구는 『관촌 수필』을 연구하는 사전이 있고 김성동은 대흥 사람으로 내포지방 우리말을 애용한다. 지난해 여름에 김성동은 『국수』 사전을 펴냈다. 예산에 가면 예산말 사전에 온 힘을 기울이는 이명재가 있고 서산과 태안 고유의 말을 쓰는 김병섭이 있다. 김병섭은 서산과 태안말로 이루어진 세 권짜리 두툼한 사전을 펴냈다. 사전은 아무나 내나. 김병섭은 시를 쓰다 보니 그렇게 됐다고 겸손을 떨었지만, 고집이 있어야 낸다. 아무도 알아주지 않는 자기 혼자만의 길을 묵묵히 가고 있다. 사전 만드는 작업은 외로운 일이다. 아무도 알아주지 않는다. 그는 틈틈이 시장을 봐온다. 빨래를 한다. 청소를 한다. 꼼꼼히 한다. 강박이 있는 거 아닌가. 하긴, 시인은 모두 어떤 식으로든 강박증을 가지고 있다. 좋은 말로 강박증이라고는 하지만 정신병이다. 시간 맞추어 약을 먹어야 한다. 사전 만드는 일은 정신병이 들지 않으면 어렵다. 시는 책장에 붙여놓고 자주 들여다본다. 자주 고친다. 인생 전체를 고쳐야 하지 않겠는가.

김병섭은 변하지 않는 사람이다. 처음하고 변한 게 머리카락과 나이밖에 없다. 보통 사람들은 조금씩 변한다. 나도 서산에서 신문배달을 거쳐 목수 일을 하다 우유 보급소장, 카페 사장을 했다. 그건 직업상 어쩔 수 없는 일이었다. 그러나 김병섭은 초지일관이다. 겨우 서산 글마당사람들을 하다 노동자문학회로 갔을 뿐이다. 그때는 따로 살림을 차려 나가는 김병섭이 조금 섭섭했다. 젊었을 적 일이다. 유용주는 얼마나 잘못을 저질렀던가. 세월이 흘러 우리는 모두 냄새나는 고약한 할배가 되었다. 혈기 방장할 무렵, 광주에 간 적이 있다. 광주 5·18 묘역을 둘러보고 오는 길이었다. 큰 관광버스를 대절해 마음먹고 다녀오는 길이었다. 대부분 나를 포함한 서산 지역 예술가들이었는데 김병섭에게 혼쭐이 났다. 망월동 묘역을 둘러보고 오는 버스 안에서 술을 마셨다는 거였다. 음복이 길었다. 일부는 술에 취했다. 서산 1호 광장에 내려

남의 자동차 지붕에 올라가 큰 소리로 구호를 외치기도 했다. 김병섭이 보기엔 얼마나 꼴불견이었겠나. 한마디로 꼬장꼬장하다. 꼬장꼬장한 마음에 남에게도 이런 것을 원하나. 첫 시집 『봄눈』의 석류 같은 사람이다. 보치성욚는 사람이다. 살이 안찌는 이유가 있다. 물론 체질이지만.

을멕이를 보다가 여수떡 생각을 했다. 어머이는 손이 칼칼해서 마을 대소사에 늘 광을 봤다. 그만큼 엄정했다는 말이다. 광은 어머이와 솜씨가 비슷한 서너 명이 봤는데 우리 어린이들은 풀방구리 드나들 듯 하였다. 늘 손에는 적이나 떡이 들어있기 마련이었다. 어머이는 자식에게도 엄격했다. 무서웠다. 뭐 하나 더 준다고 광이 비지는 않는다. 어차피 경조사비는 아부지가 내지 않았나. 하긴 누구 집 모내기를 하면 온 가족이 하루 종일 거기 가서 살았다.

그런데 말이다. 가족관계는 좋은가 보다. 우리 큰형, 형수는 뗏장이불을 덮었는데, 살아 있을 때 유용수가 말한 적이 있다. 동기간은 안 보면 보고 싶고 보면 이 갈리는 사이라고. 나 닮은 얼굴을 거울에서 봐봐라, 구역질난다. 시를 읽어 보면 김병섭은 누나와 사이가 좋은가 보다. 사촌이 땅을 사면 배가 아프다는 옛말이 있다. 형제간도 질투가 있다. 나는 형들은 죽었고, 누나와는 의절하고 산다. 의절하기 전에는 우리 집에 가끔 왔다.

부처님 오신 날, 비빔밥 한 그릇 얻어먹다 교통사고가

나는 바람에 비빔밥 열 그릇도 넘게 물어줬다. 예수님 오신 날은 너무 추워서 집안에 있었다. 망월동, 봉하마을은 여러 번 가봤다. 망월동은 오월문학제에 충남 대표로 뽑혀 나갔다. 말이 좋아 충남 대표지, 할 일 없고 직업 변변치 않은 사람에게는 주어지는 관례다. 봉하마을은 셀 수 없이 많이 갔다. 거기 매장에서 수건, 우산, 책을 샀으며, 심지어는 양말도 봉하 양말만 신고 다녔다. 최근에는 양말을 납품하는 업체에서 수익성이 없다고 더 이상 양말을 팔지 않는다. 눈물을 머금고 시장을 향한다.

지방선거와 국회의원은 4년에 한 번, 대통령은 5년에 한 번씩 찍는다. 나는 비교적 진보인사에게 투표를 하는데, 국회의원은 당선된 적이 없다. 최근에 시장이, 대통령은 다행히 세 번 당선되었다. 선거할 때다. 나는 내가 원하는 사람을 찍고, 비례대표는 일하는 사람을 표방하는 정당을 지지했다. 주민등록을 같이 쓰는 사람은, 그러면 표가 갈린단다. 이혼을 하려면 그렇게 찍으란다. 아니, 투표할 자유도 없나, 무서운 협박이다.

소나기는 내리구요, 꼴짐은 빼그러지구요, 허리띠는 풀리구요, 설사는 나구요, 여름손님은 샛서방도 호랭이보다 무섭다. 꼭 똥인지 된장인지 찍어 먹어봐야 아남?

최근에 큰처남이 죽었다. 교통사고였다. 제2의 윤창호를 생각하면 된다. 장인어른이 방광암이다. 일 년 넘게 병원으로 모셨다. 암이 전이가 되어 폐암 말기다. 병원에서도 포기했다. 인생은 거꾸로구나. 소식을 들은 많은 사람들은 장인어른이 죽었다고 착각을 했다. 장례를 치르고 납골당에 모신 다음, 정신을 차려보니 장모는 돈타령이다. 생각은 이해하나, 아들이 죽었다. 돈 문제로 며느리가 어떻게 울었는지 모른다. 며느리를 의심한다. 그러면 남은 조카들은 뭐냐. 남의 자식 귀한 줄 알아야 자기 자식 귀한 줄 안다. 남의 자식도 그 누구에겐 귀한 아들딸들이다. 워째 그런지 몰라, 안타까운 사실이다.

경준이는 수분국민학교 내 동창이다. 3남 4녀의 장남, 어려서 버스 뒷바퀴에 치여 다리가 불편하다 절뚝절뚝 걷는다. 발길 한번 잘못 돌려 가수에서 농사꾼이 되었다. 그의 어머니는 여든네 살로 마을회관에 다녀오다 눈길에 미끄러져 엉덩이 뼈가 나가고 손목뼈는 절단되어 깁스를 했다. 서울에 있는 딸들이 어머니가 입원하자 사위와 아이들까지 부대가 되어 내려왔다. 소작이지만, 철철이 쌀을 올려 보내던 녀석이 여동생들이 내려오자 병원비는 한시름 놓았다. 읍내 고기 집에서 밥을 먹은 동생들이 우리는 오빠만 믿어 그것도 뚫린 입이라고 덕담인 줄 알았다. 밥값은 20만원 훨씬 넘게 나왔다. 사나흘 굶은 집에도 도둑이 든다. 안해(베트남 출신임)도 연식이 오래되어 자주 고장이 난다. 자신도 무릎 아래가 화끈거려 겨울에도 찬물에 담근 적이 많다. 온몸이 마비가 오고 숨을 못 쉬어 이러다가 죽는구나, 대학병원에 연락하고 짐을 싸는데 마누라가 입을 감싸고돈다. 이번에는 어금니를 빼야한단다. 치과에 내려주고 도청 소재지까지 올라갔다. 불행 중 다행이랄까, 신경과에서는 입원 대신 약을 한 보따리 처방받았다. 약은 쓰고 먹기만 하면 졸렸다. 동창들도 술병 감추는 마누라 편들라 정신없는 녀석을 업고 숱하게 응급실 들락날락했다.

녀석은 친구를 두 개 두었는데, 인근 면에서 식당 주방일을 하는 친구와 멀리 막일꾼으로 복무하는 놈이 전부다. 세 놈 모두 가는귀가 먹어 전화기에 대고 고함을 질러야 한다. 별명은 루꾸상이다. 앞에 후 자를 뺀 친구들은 미혼이다.

안구 건조증에 시달리는 녀석은 자주 윙크를 한다. 아버지 피를 이어받아 알코올중독자에 머리카락은 무덤 닮았다. 담배와 커피를 달고 산다. 남동생 하나는 술을 너무 많이 마셔 먼저 나무옷을 입었다. 평소 술버릇이 얼마나 대단했는지 읍내에 소문이 쫙 돌았다. 돈이 없는 녀석은 꾀를 냈다. 주인이 술을 먹으려면 돈부터 보여줘야지 하면, 술값도 없이 술 먹는 사람 봤어, 큰소리를 탕탕 쳤다. 소주를 대 글라스에 따라 먹고 김치쪼가리를 우물거리면서 유유히 식당을 빠져나오자, 주인이 돈 주고 가야지, 돈! 동창은 심드렁하게 한마디 내뱉었다. 달아놔!

경찰은 기동순찰차를 길가에 대어놓고 낮잠을 즐기고 있었다. 112에 신고 전화가 왔다. 웬 주정뱅이가 터미널에 쓰러져 오줌을 벌벌 싸고 있다는 전화였다. 경찰은 하품을 하며 시신을 접수하여 마을까지 데려다줬다. 이 버러지 같은 놈을 뒷좌석에 모시려고 뼈 빠지게 공무원 시험을 본 겨, 한 대 주어패도 시원치 않을 노인네 하곤 술에 뻗어 있던 녀석은 고래고래 의자를 걷어찼다. 경찰이 하는 일이 뭐가 있어, 나처럼 술을 사랑하는 인간 실어다주라고 경찰이 존재하는 거 아녀, 뭐 치고 싶다고 어디 한번 쳐봐, 새파란 잎사귀는 코웃음을 쳤다. 아저씨 술을 좀 작작 처마셔, 술 속에 돈이 들었어, 쌀이 들었어, 허구헌날 주구장창 이런 것도 사람이라고, 흐이구 살려놓으니 보따리 내놓으라고 지랄 옘병을 한다니께.

경준이는 기초수급자다. 농한기에는 고물을 주우러 다닌다. 늙은 어머니와 망가진 마누라와 농자금으로, 긴급 생활안정자금(이 돈은 이자가 안 붙음)으로 쓴 돈이 불어나 이미 야반도주하기는 글렀다. 마늘 두 쪽과 고추 하나 덜렁 차고 태어났지만 탄저에, 오갈병에 걸려 넘어져 있고(장수 보건소에 말해서 비아그라 처방 받어봐) 올해 상추와 호박 오이농사는 누가 지을꼬. 결산을 아무리 해봐도 뻔하다. 아무리 돼지거시기처럼 인생이 꼬였다 치더라도, 영판 심란한데 죽은 자식 부랄 만지기지 뭐. 어떻게든 함 해봐.

다시없는 아홉 살 여름날, 웃다리골로 자두 서리를 갔다. 자두나무가 많은 동창 용현이네 집이다. 나무를 잘 타던 완수가 제일 높은 가지에 올라갔다. 밑에 있는 코흘리개들은 란닝구에 자두 넣느라 정신이 없었다. 새벽잠이 없는 판동이 양반이 거 누구냐는 벼락같은 고함소리에 완수는 오줌독에 빠져 물귀신이 될 뻔하였다. 용현이는 사대를 졸업해, 고등학교에서 국어를 가르치고 정년이 내일모레고, 완수는 머리카락이 허연 막노동 인생이다.

매미가 한참 난리를 피울 때, 우리는 부모 몰래 아이스케키를 사먹었다. 얼음과자는 달달했다. 콧방귀나 뀐 쬐복쟁이들은 쌀을 퍼내어 바꿔먹고, 가난한 아이들은 보리쌀이나 마늘을 가지고 왔다. 엿장수도 마찬가지였다.

개심사를 옆집 마실가듯 자주 갔다. 꽃도 보고 연못도 보고 잔뜩 휘어진 기둥도 보고 기와도 봤지만, 누구처럼 불상을 보고 치성을 못 드렸다. 닭백숙은 먹은 적 있다. 환갑이 지난 아직까지 마음을 씻은 적 없다. 그러니 여직, 불목하니 신세 못 면한다.

갯반닥 근너온 말 한마디 하자. 나는 블랙리스트다. 자랑할 것도 미안할 것도 없다. 지난 10년간 아무것도 된 게 없다. 국립대 강연도 교육청 특강도 강연 날짜 확정되고 원고까지 줬으나 아무런 이유 없이 취소되었다. 이명박, 박근혜 정권에서 구박을 받았다. 아르코 창작 지원금이 꼭 필요해 응모했으나, 떨어졌다. 몇 번 떨어지자, 아는 사람이 거 작품의 질이 떨어지는 거 아녀? 나는 문학을 보는 눈이, 세상을 보는 눈이 다른 건줄 알았다. 치사하게 아무런 힘이 없는 시인에게 이런 대우를 해주다니, 너무 야박한 거 아닌가. 본격적으로 변호사를 선임하고 소송을 벌이고 있다. 충북 민예총은 개인당, 1,500만원을 받아냈다. 판례가 생긴 거다. 이기면 한잔 먹자.

아부지는 말년에 시사답을 지었다. 배가들 뫼뿔은 넓었다. 그야말로 종처럼 살았다. 논에 가면 나락보다 피가 많았다. 아부지는 피를 뽑을 생각을 안 했다(주낫두 넘덜이 삼백 가락 놓으면 아버지는 꼭 육백 가락 놓구). 주막에서 살다시피 했다. 외상값이 나락 널보다 높았다. 어머이는 먼 친척이 중매를 서, 함진애비가 왔을 때, 양반이라고 해서 물어보지도 않았단다. 무슨 얼어 죽을 양반이여, 그 나이에, 그 얼굴에, 그 가난에 어머이는 가셨다. 말레도 없는 집이었다. 가난만이 풍년이었다.

어떤 사람은 가난할 때를 돌아보며 그때 먹었던 음식을 입에도 안 댄다. 라면과 보리가 주인공이다. 나는 잘 먹는다. 보리를 아시 삶아 댕댕이 소쿠리에 담아두면, 여름에 쉰다. 쉰 보리를 찬물에 빨아 다시 먹었다. 그래도 간장에 우린 쑥보다 훨씬 낫지 아니한가. 라면도 그렇다. 한참 세상 밑바닥을 전전할 때 한 달 넘게 라면 신세를 진 적 있다. 그야말로 밀가루 냄새가 풀풀 날 때도 있었다. 환갑이 넘은 나이인데도 나는, 보리밥과 라면, 즐겨 먹는다.

시자 들어가는 것을 싫어한다. 시금치도 안 먹는다. 시내버

스도 안 탄다. 시계도 안 찬다. 시 월드는 이겨서 빨어서 널어서 풀헤서 두드려야 제 맛이다.

부잣집 모내기하면, 새벽부터 한 여섯 끼 먹는다. 캄캄한 새벽부터 모를 찐다. 어린 우리 또래들은 주로 못줄을 잡는다. 못밥이 얼마나 맛있나. 지게 바작에다 밥에다, 반찬에다, 국에다, 막걸리까지, 흐흐, 머우대궁이에 들깨가루 풀어서, 아직도 눈에 선혀. 흰 삼베를 씌우고 또아리 튼 광주리를 이구 들구 논 옆으로 오는 우리 어머이들.

국민학교에는 기성회비라는 것이 있는데, 학교 갈 적에 달라고 했다가 아부지 지게 작대기로 맞은 적이 한두 번이 아니다. 도망가다 돌에 맞아 뒤꿈치에 피 흘린 적 많았다. 나는 수학여행을 못 간 학생이었다. 차라리 맹물 먹고 꾀를 파는 게 나았다.

서산, 태안은 집집마다 생강굴이 있다. 도시 사는 사람들이 대나무 새끼라고 부르는 생강은 마늘과 함께 중요한 돈이다. 생강굴은 가스가 가득 차서 심심찮게 농사꾼들이 죽어나가기도 했다. 게꾹지, 어리굴젓, 간장게장, 우럭젓국, 실치……, 여기서 즐겨 먹는 음식이다.

논은 세 벌 김을 매주어야 되고, 보리농사는 바빠야 건질 수 있다. 조금 게으름을 피우면 탕난다. 밭고랑은 잡풀로 뒤엉킨다. 왜 그렇게 잡풀은 거름을 안 주어도 잘 크는지. 뼈마디가 녹고, 허리가 굽고, 관절이 다 닳을 때까지 농사꾼들은 일을 한다. 일을 하는 사람이 하느님이다.

김병섭은 모든 걸 봤다. 모든 것을 기억한다. 그때 말을 한다. 시로 기록한다. 사전은 더 두툼해질 것이다. 말 속의 말은 많으면 많을수록 좋다. 다양하면 다양할수록 좋다. 현장을 중요하게 여기고 한평생 말씀을 공부해온 나도, 김병섭의 암마뚜마를 앞에 놓고 반성을 한다. 대단하다. 김병섭만이 할 수 있는 일이다. 그동안 어떻게 살아왔는가. 외로움을 참아내면 좋은 작품을 오래 쓸 수 있다.

암마뚜마

초판 1쇄 발행 2019년 9월 20일
2쇄 발행 2020년 1월 20일

지은이 김병섭
펴낸이 조기조
펴낸곳 도서출판 b

등록 2003년 2월 24일(제2006-000054호)
주소 08772 서울시 관악구 난곡로 288 남진빌딩 302호
전화 02-6293-7070(대) 팩시밀리 02-6293-8080
홈페이지 b-book.co.kr 이메일 bbooks@naver.com

ISBN 979-11-89898-09-0 03810

값_10,000원

* 이 도서는 한국출판문화산업진흥원의 '2019년 출판콘텐츠 창작 지원 사업'의 일환으로 국민체육진흥기금을 지원받아 제작되었습니다.